Les Nuits de la Hulotte

I

D'un coup de pied en avant, l'édredon de duvet roula mollement en une masse informe et reprit, au pied du lit, son sommeil de plume.

Le propriétaire de ce dernier ayant décidé que la nuit avait assez duré se leva d'un bond, le labeur n'attendait pas.

Le front appuyé contre le battant hors d'âge de la fenêtre, il distingua par la fente des volets mi-clos une mince langue de brume léchant le labour.

Plus haut dans le ciel encore noir, "la menteuse" arborait son premier croissant. Par expérience, il savait que le " D" majuscule ainsi formé n'indiquait rien de descendant. Elle ne l'y prendrait pas !

Son vieux renard de grand-père lui avait appris, quand il était encore à courir à ses basques, qu'il devait se méfier de l'astre blanc.

« Cette "fieffée menteuse", disait-il, voudrait nous faire rater plantations et semis. Elle annonce "C " quand elle descend et " D " quand elle croît. Ne t'y trompes pas Petit- Gahous, le bolet ou la chanterelle ne raffolent pas du dernier quartier, ils montrent leur nez dans les

trois nuits qui suivent le premier. Ces
chenapans pourraient bien
avoir fait bonne entente avec cette
blagueuse pour échapper à la poêle ! »
Là-dessus il partait d'un grand rire de
gascon en défrisant de sa main rugueuse la
tignasse du gamin.
Le gamin en question se prénommait
Louis, mais c'était Petit-Gahous pour les
proches et Gahous tout court pour tous
ceux qui l'étaient moins.
Avec le temps et la disparition desdits
proches, victimes pour les uns de la grippe
espagnole et pour les autres d'une mort
plus naturelle, le "Petit" disparu lui aussi,
laissant Gahous comme seul descendant.
Gahous, était donc l'unique survivant de
cette famille de paysans au patronyme
peut-être déformé de "Gahus" : le hibou,
vieille famille de fermiers enracinés depuis
la nuit des temps au sein des coteaux de ce
pays des mousquetaires, que l'on avait
baptisé Bas Armagnac.
Le dernier des parents, Joseph, son père
qui avait fait 70 avec Garibaldi dans l'armée
des Vosges, pris comme chair à canon,
entre Napoléon le troisième et Bismarck
"ce cochon de prussien", rentra indemne de
cette guerre éclair qui se termina six mois
plus tard.

Il rejoignit son épouse Julienne au cimetière du village qui répondait au nom bien gascon de Nupiac, quand Petit-Gahous entra dans sa vingtième année.

L'eau de la grande cruche de faïence aux roses bleues se déversa dans la cuvette de même nature.

Gahous y plongea la tête en se frottant vigoureusement le visage de ses deux mains. Toujours à

l'aide de ces mêmes outils naturels, il poursuivit par la poitrine, les aisselles et tout ce qui se trouvait en dessous du ceinturon.

L'opération de nettoyage rustique agrémentée de « Haaaa ! » de « Brrrr ! » et de « Diou biban ! » se termina par une friction générale à la serviette de coton, brodée aux initiales de "J-G", une des nombreuses reliques du trousseau de Julienne, sa mère.

Il arrive parfois que deux fortes têtes de Gascon ne fassent pas bon ménage.

Ce fut donc sur un coup sur l'une desdites têtes, que, celui qui était encore Petit-Gahous à dix-huit ans, prit, un jour de désaccord, la décision de s'en aller faire le cordonnier à la Capitale.

Après un apprentissage chez un patron

chausseur, il s'installa à son compte et gagna confortablement sa vie. Discorde n'étant pas rupture, le cordonnier Gahous en bon fils traversait la France de temps à autre, au moment des fêtes, pour venir prendre des nouvelles de son père.

Lorsque ce dernier vaincu par l'âge rendit l'âme, Gahous décida que, dès qu'il le pourrait, il reviendrait à la terre, non sans auparavant, avoir trouvé une compagne qui serait celle de sa vie.

Paris débordait de jolies filles et pour sûr il ne manquerait pas, en bon cordonnier qu'il était, de trouver chaussure à son pied...

Tout en passant son pantalon de drap bleu, Gahous repensait à tout cela, mais pour l'heure il s'agissait, après qu'il eut englouti le quignon de miche aux graisserons et son bol de café au lait, d'aller accomplir son devoir de paysan.

Il passa sa veste de velours côtelé.

Béret de travail plaqué sur le crâne, il chaussa ses sabots. Prêt pour une journée laborieuse, il sortit dans la cour.

Une brise fraîche d'automne chargée d'effluves poivrés de lierre l'accueillit.

Il entra dans l'étable, lança à l'encontre des six vaches encore endormies un grand « debout là-dedans ! ».

Les deux plus robustes, Blanquette et

Roseline, seraient attelées à la herse, tandis que les quatre autres, réservées à la traite, se verraient offrir l'herbe grasse du regain d'automne au pré de la Touille. Ce dernier situé à un petit kilomètre de là était accessible par un chemin à merles bordé d'aubépines infranchissables.

Les bêtes habituées à se débrouiller seules prirent, dans la pénombre et en file indienne, le sentier et gagnèrent nonchalamment le lieu du verdoyant banquet.

Dans le bois du Rouvre, la hulotte cria trois fois.

Elle terminait sa nuit de chasse et appelait son compagnon par des Kieek ! Kieek ! répétés. Ledit compagnon ne tarda pas à se manifester par des Houuouou ! modulés. Gahous l'avait entendu au cœur de la nuit. Tantôt sur le toit de l'étable, tantôt plus loin dans le bois.

Les deux prédateurs nocturnes se préparaient à se retrouver. Ils passeraient côte à côte une journée de repos bien mérité.

Contrairement aux hommes qui apprécient le grand jour, ces volatiles diurnes préfèrent baisser la paupière durant les heures qui sont, à leurs yeux ronds, beaucoup trop aveuglantes.

Ce qui était tout à fait naturel pour nos deux chouettes le fut moins pour Gahous qui s'attendit à un événement hors du commun.

En effet, comme beaucoup, mais aussi à cause de son patronyme en rapport avec la chouette, notre homme était persuadé qu'une hullote, qu'elle soit mâle ou femelle, qui chuintait au premier croissant ne présageait rien de bon. Et pire que cela quand les deux se manifestaient de concert...

Que lui réservait la journée à venir ? Une vache qui s'échappe, la herse qui se casse les dents sur une souche ou un sabot qui se tord sur une motte ?

À chaque fois qu'un incident similaire se produisait, il recherchait dans sa mémoire si, au court de la nuit précédente, l'oiseau de mauvais augure l'avait prévenu du danger. Quand il n'en avait aucun souvenir, il mettait cela sur le dos de son lourd sommeil qui l'avait empêché d'entendre le cri d'alarme.

Mais cette fois, milou Diou !, il n'avait pas rêvé et il faudrait qu'il redouble de prudence pour ne pas tomber dans quelque piège...

Le ciel s'éclaircissait légèrement à l'horizon, sans que le clocher sur le haut de la colline n'arrive encore à s'en détacher.

La herse, au rythme lent du pas des deux compagnes bovines, griffait la terre, cassait la motte, faisait un sort à la mauvaise herbe...

Gahous se rappelait sa rencontre avec Adrienne.

Assise sur un banc de la place du Tertre à Montmartre, elle semblait l'attendre.

Son petit sac à main noir sur les genoux, elle regardait les badauds qui tournoyaient, s'arrêtaient, admiraient et repartaient en quête de chef-d'œuvres de peintres et caricaturistes.

Il s'était assis à l'autre bout du banc. Il la trouvait fine et distinguée.

Sortant de sa poche un sac de berlingots, il lui avait tendu sans un mot.

Elle avait plongé deux doigts en guise de pince et pris un bonbon en le remerciant d'un sourire.

Dès lors ils ne s'étaient plus qittés.

Durant leurs promenades du Dimanche, ils avaient fait connaissance.

Elle était femme de chambre à l'hôtel de la Gare de Lyon.

Native d'un petit village normand, elle n'avait pas bénéficié d'une grande éducation. Comme lui, elle avait quitté l'école après le certificat d'études primaires.

Dans son travail, au contact d'une bourgeoisie parfois hautaine et toujours exigeante, elle avait dû faire de grands efforts pour apprendre le métier et déjouer les propositions malhonnêtes de certains chauds lapins...

Lui, avait réussi à économiser assez d'argent pour pouvoir, dès qu'il le déciderait, acheter trois vaches, quelques poules et lapins, remettre en état le matériel de la ferme natale, et accomplir son rêve : faire repartir l'exploitation de ses parents.

Ensemble, ils avaient fini par parler mariage. L'un et l'autre sans famille, l'affaire fut vite conclue. Un passage devant M. le maire avait suffi pour les unir pour le meilleur et pour le pire.

Dans le but d'appâter le poisson, Il lui avait dit la douceur de vivre en Gascogne, lui avait décrit des paysages verts et dorés, lui avait raconté les fleurs sauvages à l'odeur de miel, les journées rythmées par la course du soleil, avec le chant du coq comme unique réveil, et celui du grillon pour bercer...

Tout d'abord hésitante puis convaincue par tant de balles images, Adrienne avait donné son accord pour quitter la ville et son brouhaha afin de suivre, cette fois enthousiaste, son mari chéri. ils mèneraient une vie délicieuse dans cette prometteuse campagne, miroir du jardin d'Eden.

Le jour de leur arrivée, une pluie tropicale les avait accueillis.

Les talons aiguilles de la Parisienne s'étaient si bien enfoncés dans la boue du chemin d'accès qu'ils y étaient restés à tout jamais. Ses bas de soie, quant à eux, peu habitués à la ruralité avaient filé de toute part au contact des ronces rampantes qui, par manque d'entretien, avaient envahi le sentier.

Gahous, après l'avoir vivement priée d'entrer dans la pièce principale, où régnait une entêtante odeur de moisissure, l'avait consolée de son mieux.

Mais les murs défraîchis ruisselant d'humidité et le sol de ciment brut avaient encore ajouté à la déception de la nouvelle venue.

Il l'avait serrée contre lui pour la réchauffer.

Il lui avait expliqué que c'était l'affaire de quelques jours et que sans tarder la maison retrouverait son doux confort d'antan.

Après quelques sandwichs avalés devant la cheminée alimentée de vieux fagots trouvés dans la grange, ils s'étaient, écrasés de fatigue, glissés sous l'édredon de duvet.

Le ciel bleu immaculé du lendemain n'avait pas suffit à rassurer Adrienne qui, après avoir fait le tour du propriétaire cette fois en talons plats, s'était rendue compte de l'étendu des dégâts...

L'ancien jardin potager n'était qu'un tas de ronces, les prés étaient envahis d'érigerons, et les champs destinés à la culture de maïs ou d'escourgeon avaient, avec le temps, pris des airs de steppes ukrainiennes.

Maintes fois, elle avait fait sa valise et pris la route au pas de course pour repartir d'où elle venait. Mais lui l'avait toujours poursuivi et rattrapé de justesse avant qu'elle n'atteigne la gare.

Alors, à chaque fugue écourtée, elle était revenue en pleurs, découragée devant l'ampleur du travail à venir et persuadée que jamais elle ne se ferait à cette existence de paysanne. Jamais elle ne pourrait aller les pieds dans la paille des sabots de bois...

Et puis six années étaient passées tant bien que mal, avec un peu de résignation et beaucoup d'amour.

Leur vie aurait pu continuer ainsi. Ils auraient pu avoir des bambins qui auraient apporté le complément de soleil qui leur manquait, mais le destin en jugea autrement.

Adrienne allait sur ses vingt-huit ans quand elle attrapa ce mauvais mal qui l'emporta en quelques semaines.

Derrière sa herse, Gahous laissa couler quelques larmes. Diou Biban ! qu'il avait été malheureux ...

Il l'avait pourtant soignée, chouchoutée. Attentif à son moindre désir, il aurait accompli des miracles pour la satisfaire. Mais comme un petit oiseau que l'on aurait mis en cage contre son gré, elle avait fini par glisser du perchoir et désormais roulée en boule dans le creux de son nid, elle s'était endormie à tout jamais.

En foulant la terre à grands pas, notre homme en ressentait encore le remord. Nul doute que s'il l'eût laissée à sa vie parisienne, dans son élément, jamais elle n'aurait attrapé ce cadeau du diable !

C'était pour cette raison que, des années plus tard, il continuait à s'abrutir de travail pour tenter d'oublier ce qu'il pensait être sa grande faute. Il écourtait les nuits pour se lancer, dès le crépuscule, dans ses travaux habituels.

Tout à coup une curieuse sensation le tira de sa rêverie. Il stoppa net l'attelage et tourna brusquement la tête vers la Baste, cette langue de terre couverte de fougères aigles, qui bordait le bois du Rouvre.

La "Chose", n'était qu'un point lumineux à peine plus volumineux qu'une étoile mais elle grossissait à vue d'œil, suivie maintenant d'une ligne continue d'un blanc vif aveuglant, elle fonçait vers le sol.

Dans le ciel à peine bleuté, comment définir où se dirigeait l'objet, peut-être était-il à des milliers de kilomètres de là, mais peut-être aussi arrivait-il droit sur lui, envoyé par le diable pour le punir.

En quelques secondes, la boule de feu enfla en s'accélérant encore.

Gahous crut bien que sa dernière heure était venue. Pétrifié, le temps d'un éclair, il refit le film de sa vie. Le vieux renard, la mère sur son lit de mort, la ferme d'alors, le père, les parties de chasse, les champignons, l'école, les rires et les engueulades....

Tout se mélangeait et défilait devant ses yeux... La "Chose" paraissait lui foncer dessus. Aveuglé par le bolide qui lançait maintenant des étincelles filantes multicolores, il ferma les yeux et repensa à la hulotte... cette bestiole de malheur, aurait-elle dit vrai ?

Un vacarme de branches brisées suivi d'une sourde explosion faisant vibrer le sol sous ses pieds, le ramenèrent à la réalité.

Alors que le ciel avait retrouvé son calme et

ses étoiles, bien fixes celles-là, abasourdi et se demandant s'il n'avait pas rêvé, il chercha autour de lui l'incroyable "Chose" aveuglante.

Le bruit de branchages cassés lui laissa à penser qu'elle était tombée dans le bois, à seulement quelques dizaines de mètres de lui.

Des lueurs rougeâtres et des étincelles encore en suspension dans l'air lui donnèrent raison.

Il se dirigea vers ce qu'il pensait être l'impact.

Quelle ne fut pas sa stupéfaction quand il découvrit à quelques pas seulement de l'orée du taillis, un feu de branchages fumant et dégageant une forte odeur âcre qui lui irrita la gorge. Par bonheur, le sous-bois, à cette époque de l'année, était humide et moins enclin à s'embraser ce qui aurait transformé les fourrés en torchères. À force de piétiner en tapant du sabot sur le sol, il termina d'éteindre les quelques ronces incandescentes qui entouraient une sorte de cratère de plus d'un mètre de diamètre.

Au fond du trou vraisemblablement formé par la chute de l'objet de toutes les frayeurs, il distingua une masse informe à demi enfoncée encore rouge.

Il s'approcha prudemment, mais recula aussitôt incommodé par la chaleur intense que la "Chose" venue du ciel dégageait encore. Une odeur d'humus brûlé se mêlait à celle des fumées de branchages fumants. Le jour pointait à l'horizon.

Désirant garder le secret de cet événement hors du commun avant que d'autres personnes ne viennent mettre leur nez dans les parages, il se précipita dans la grange et revint, avec pelle et pioche coincées sous les aisselles.

Il avait décidé de laisser passer quelques jours avant d'analyser la situation. En un tour de main, il recouvrit de terre ce qu'il convenait d'appeler une météorite.

Un tapis de feuille convenablement étendu termina le travail de camouflage.

Alors qu'il avait, encore sous l'émotion, repris son travail et en était à la moitié de la parcelle, il distingua deux silhouettes qui, gourdin à la main, avançaient à grands pas dans sa direction.

Il ne tarda pas à reconnaître François Jusanx le maire et Antoine Saubadu l'instituteur, par ailleurs fort amateur d'objets non identifiés...

— Salut Gahous ! Toujours à la tâche, je vois, cria le maire encore à une dizaine de mètres.

— Bonjour, François, bonjour Monsieur l'instituteur, répondit Gahous. Vous voilà bien matinaux, deviendriez- vous insomniaques en vieillissant ?

— Non pas, dit le maire, nous avons été informé par les services départementaux qu'un objet, pouvant être une météorite, aurait pu tomber sur le territoire de la commune à 6h32 ce matin, à moins qu'elle ait choisi de terminer sa trajectoire sur une des communes d'à côté. Va savoir avec ces engins, on est sûr de rien...

— N'auriez-vous rien remarqué de semblable, vous qui êtes comme chacun le sait, un sacré lève-tôt ? demanda l'instituteur.

— Ah ! c'est donc cela cette sorte d'étoile filante que j'ai vu zébrer le ciel loin vers le Sud ce matin ?

L'instituteur intéressé par ce témoignage interrogea Gahous.

— Loin dites-vous ? l'astéroïde ne serait donc pas tombé chez nous ? pourtant les observations officielles...

— Pour moi, la "Chose" est tombée du côté d'Aignan, derrière la colline. C'est là que je l'ai aperçue, mais il est vrai qu'avec la nuit...

— Nous verrons bien si nous obtenons d'autres témoignages. Peut-être qu'un autre observateur comme toi, lui aussi tombé du lit, aura vu le phénomène, dit le maire en souriant.

Les deux hommes s'éloignèrent en direction du village à la recherche d'autres indices. Gahous retourna à son travail comme si de rien n'était.

Au village, deux habitants avaient aperçu, par-dessus les toits, le fameux astéroïde et sa trace lumineuse, mais ils furent incapables de donner un détail valable quant à la trajectoire. Le vieux Bastien l'avait vu au nord, alors que Bertine la boulangère assurait que c'était à l'ouest. Un troisième se manifesta à retardement. C'était Léon Feugas, fermier à la sortie du village sur la route d'Izotges. C'était celui qui avait coutume de tout voir, de tout connaître et qui le faisait savoir à grand renfort de paroles au risque de casser les oreilles de ses auditeurs.

Il assura que le bolide mesurait deux mètres en son centre qui plus est et qu'il était tombé dans l'étang du Lucq. Il prétendait qu'il avait vu l'eau bouillir et des carpes cuites flotter à la surface.

François Jusanx, le maire, constitua une équipe de bénévoles afin de sonder le bassin. Une boule de deux mètres tombée dans un étang profond, en son centre, de deux mètres cinquante, ne pouvait passer inaperçue...

Curieusement, on ne trouva ni carpes cuites, ni météorite...

— Ce fieffé menteur de Léon nous a encore raconté des histoires, lança le maire.

— N'avait-il pas tenté de nous faire croire, l'an passé, qu'il avait récolté des tomates de la taille de gros melons, alors que certains l'avaient vu proposer au marché que des fruits rachitiques et biscornus, ajouta l'instituteur.

— Je me doutais un peu du résultat mais en ma qualité d'élu, mon devoir était de vérifier, conclut le maire.

La confusion ambiante qui régnait au village autour de la "Chose" venue du ciel n'était pas pour déplaire à Gahous qui continua à vivre et accomplir ses tâches journalières habituelles sans éveiller le moindre soupçon sur sa découverte.

Le "caillou" était bien à l'abri sous deux pieds de terre...

Vint le jeudi de repos pour les écoliers ravis. Ceux-ci, excités par la nouvelle et avides d'aventures, se précipitèrent à la recherche du trésor.

Armés de bâtons, ils visitaient les fossés, les taillis, fouinaient dans les haies en battant, tous azimuts la campagne.

« Ces garnements pourraient bien tomber sur ma planque », pensa Gahous.

Aussi, lorsque quatre enfants en groupe se trouvèrent à proximité, il les interpella.

— Si ce sont des grenouilles que vous cherchez, elles ne vont pas être en très bon état avec ces coups de bâtons que vous donnez dans tous les sens.

— Nous ne sommes pas à la grenouille, Monsieur Gahous, nous cherchons la comète, il paraît que vous lui avez vu la queue.

— D'abord, d'après les autorités, il ne s'agirait pas d'une comète, mais d'une météorite et ensuite si j'ai aperçu sa trajectoire, je serais bien incapable de dire si elle
est tombée sur Nupiac, Saint-Pétersbourg ou Philadelphie. Comment savoir dans la nuit ?

— Pourtant Monsieur Saubadu nous a dit qu'il avait eu des informations et qu'elle ne serait pas tombée très loin d'ici.

— Oh ! les informations, les informations, Léon aussi a affirmé l'avoir vu tomber dans l'étang du Lucq, on a vu ce qu'elle valait celle-là, d'information...

En haussant les épaules, les enfants repartirent pour continuer leur prospection plus loin

Le jour de l'extraction arriva !
Gahous avait attendu que les esprits se calment et que l'histoire de la "Chose" soit moins d'actualité.
Il lui fallut patienter un bon moment car beaucoup avaient entendu l'explosion et restaient sur leur faim, mais les avis quant à sa localisation créèrent un tel imbroglio, que tous se découragèrent et désespérèrent de tomber un jour sur l'objet de tant de controverses.
Il y eut bien quelques jeunes entêtés qui occupèrent leurs loisirs à chercher, tous points cardinaux confondus, la "Chose" tombée du ciel mais ce fut peine perdue !
Gahous avait donc choisi ce Dimanche matin, jour où la population du village, en quasi-totalité et entre deux sons de cloches, était à prier le Bon Dieu.
Lui n'allait pas à la messe.
« Pourquoi prier un Dieu qui enrichit les uns pour laisser les autres dans la misère et créer toujours de nouvelles maladies pour faire mourir certains plus vite que d'autres ? » disait-il.
Et puis, il ne craignait pas la mort, il assurait l'avoir déjà vécue.
« Avant de naître n'est-on pas déjà mort ? Alors pourquoi espérer un paradis ou craindre un enfer, voilà bien la véritable

égalité pour tous : le néant ! »
Même le curé Béziade ne savait que
répondre à ces affirmations.
La campagne renaissait sous le soleil
d'avril. Elle s'était parée d'un vert tendre.
Dans l'air qui s'était radouci, tout autour de
la ferme, mésanges, fauvettes et autres
hirondelles de retour étaient
en pleine effervescence. L'atmosphère
ambiante n'était que piaillements et bruits
d'ailes. Tout ce petit monde à plumes
s'afférait à assurer leur descendance. Ils
déployaient une somme inimaginable
d'ingéniosité pour dissimuler, aux yeux et
au flair des prédateurs, la boule de mousse
ou de brindilles entremêlées, confectionnée
avec tant de minutie. Elle était, pour
chaque couple, le nid douillet où des
oisillons s'égosillant de fringale feraient
leurs plumes avant de prendre, à leur tour,
leur envol...
Malgré la pénombre du petit matin, notre
homme ne tarda pas à retrouver
l'emplacement qu'il avait si soigneusement
dissimulé à la vue des curieux.
La terre, sèche cette fois, vola en poussière
sous les coups répétés de la pioche.
Gahous n'avait qu'une hâte, découvrir le
trésor et reboucher prestement le trou
après l'en avoir extrait.

La pioche n'avait pas encore touché le caillou quand, Léon Feugas sorti de derrière un buisson, s'approcha en reboutonnant sa braguette.

Gahous surpris et irrité de cette présence indésirable et se souvenant que la meilleure défense était l'attaque se retourna et s'écria :

— Tu n'as donc pas d'autre endroit pour pisser que de choisir mon bois ?

— Quel mauvais caractère, macaréou ! je ne vais pas te l'abîmer ton bois, bien au contraire tu vas voir son sol se couvrir de mousserons dès le mois prochain et cette fois tu pourras dire merci Léon.

— Des mousserons aux chapeaux plus grands que des cèpes peut-être ?

— En attendant peut-on savoir ce que tu cherches, pour creuser la terre comme un forcené et un Dimanche matin en plus, alors que tu devrais t'apprêter à prier le seigneur ?

— Et toi que fais-tu ? tes prières sans doute, au pied d'un chêne, pantalon défait à bénir la mousse.

— Moi, Môssieur, je cherche du muguet pour offrir à Bernadette, la pauvre femme mérite bien un petit plaisir pour la récompenser de ce qu'elle fait pour moi. Mais toi qui es veuf, je suppose que ce n'est

pas des clochettes que tu cherches ?
Gahous, pris au dépourvu, resta un moment silencieux, puis retrouvant ses esprits il répondit :

— Ce que je fais... ce que je fais... et que crois-tu que l'on fasse au printemps quand on creuse le sol, hein que crois-tu ?

— Quand on fait un trou pareil fin avril, si ce n'est pas pour enterrer sa belle-mère, c'est peut-être pour planter un arbre, mais tout de même en plein bois...

Gahous sauta sur l'occasion. L'autre, avec sa belle- mère, venait de lui fournir l'explication qu'il cherchait.

— Au printemps, Monsieur je sais tout, il arrive qu'une vache fasse un veau. Il arrive aussi que son veau trépasse avant d'avoir commencé à téter et c'est bien ce qui m'arrive. J'en ai un déjà tout raide qui m'attend dans l'écurie, je vais, dès que j'aurai fini mon trou, l'enfouir avant que la mouche s'y mette. Voilà, qui je l'espère, va faire taire ta curiosité Môssieur Léon...

— Toutes mes excuses Gahous, je ne pouvais m'imaginer qu'il t'était arrivé cette mauvaise "Chose", la perte d'une bête est toujours triste. C'est qu'on s'y attache à ces bestioles...

— Comme à sa belle-mère...

— Décidément, Gahous, je ne sais quelle

mouche t'a piqué ce matin.

— Il n'y a pas plus de mouche à vache que de truffes dans ce trou, mais je préfère n'être pas dérangé quand je travaille surtout pour écouter des sornettes.

Léon, en faisant aller les bras en signe d'impuissance, tourna les talons, au grand soulagement du chercheur de trésor.

Gahous se dit, en voyant Léon s'éloigner, qu'il n'aurait pu trouver meilleure raison à donner à ce curieux. Celui-ci ne risquerait pas de revenir durant la nuit rouvrir le trou pour tomber sur de la charogne !

S'assurant, cette fois qu'il ne risquait plus de se faire surprendre que par quelque jeune chevreuil égaré ou autre merle audacieux en quête de lombrics, il se remit au travail.

Le fer heurta quelque "Chose" de dur. Une gerbe d'étincelles jaillit.

Cette fois il touchait au but. Avec quelques précautions, en grattant doucement la terre autour de la "Chose", il mit cette dernière à découvert.

C'était une masse informe de la grosseur d'un petit ballon de football dégonflé qui aurait eu droit au coup de galoche final, le déformant avant de le mettre au fossé.

Il était couleur de brai, luisant comme un onyx et veiné de gris rosé.

Sous l'empreinte laissée par le coup de pioche, la pellicule noirâtre avait fait place à une trace plus claire.

Gahous avait déjà lu plusieurs articles sur les météorites. Il savait que le vernis noir qui recouvrait certaines d'entre-elles provenait de la fusion du substrat durant la descente dans l'atmosphère. Mais il savait aussi que seule une coupe pouvait indiquer qu'elle venait de la Lune, de Mars ou d'ailleurs...

Et pour terminer son savoir en la matière, il avait découvert, au cours de ses lectures, que des cailloux de cette taille pouvaient valoir des fortunes.

Il convenait de jouer serré ...

Il attrapa le sac de jute dont-il s'était muni et y enfouit la lourde pierre venue du ciel. Après avoir refermé le trou, chargé du précieux butin, il regagna la ferme.

Dans le jour à peine levé, perchée sur une branche haute d'un châtaignier, la hulotte n'en crût pas ses yeux écarquillés.

Elle avait innocemment assisté à la scène...

Dans une valise bourrée de paille et posée dans le filet du compartiment, la météorite avait, avec son propriétaire, pris le chemin de la Capitale.

Gahous avait écrit à son copain Georges Pomède, un "pays" qu'il avait rencontré lors de sa période parisienne. Ils avaient tout de suite sympathisé. Lui et sa femme Jeanne qui étaient devenus ses amis et venaient chaque année passer quelques jours pour s'oxygéner à la ferme.

Ils étaient toujours restés en contact et Gahous savait qu'il pouvait leur faire confiance.

Il avait expliqué le but de sa visite.

En effet, il avait pensé qu'une telle découverte allait faire des vagues dans le cercle des collectionneurs. Craignant la médiatisation et préférant garder l'anonymat, il avait chargé Georges de négocier la vente de la "Chose" venue du ciel, à sa place.

Personne à Paris ou ailleurs ne s'occuperait de savoir qu'un certain Georges Pomède, complètement inconnu, était l'heureux propriétaire d'une météorite, aussi précieuse soit-elle.

Il n'en aurait pas été de même à Nupiac...

Georges accueillit Gahous sur le quai de la gare d'Austerlitz. Les retrouvailles furent chaleureuses. À coups de tapes dans le dos, on se remémora le bon temps...

Georges soupesa la lourde valise et fut stupéfait de son poids.

Dans l'appartement du couple d'amis, Gahous déclara, en plaisantant, qu'il

convenait de « tirer des plans
sur la comète. »

On déballa l'objet.

Émerveillé, on le scruta, le retournant
encore et encore dans tous les sens.

D'où venait-il ? Quel était son âge ? des
millions d'années sans doute.

Il aurait pu voir nos ancêtres des cavernes.
Pire encore, évoluer avec les dinosaures sur
une terre exempte de constructions
bétonnées, de poteaux électriques, de
pollutions artificielles ou de mégalopoles.
Il aurait pu croiser les ptérodactyles aux
ailes dépourvues de plumes, planant entre
les ginkgos aux quarante écus.

Dans un premier temps, Georges se
renseignerait auprès du laboratoire
d'analyses spécialisé, qui déterminerait
avec précision la nature de l'objet.

Ce serait, de toute évidence le Muséum
d'histoire naturelle qui s'imposerait pour
cette opération.

Dans un deuxième temps, muni d'un
certificat d'authenticité en bonne et due
forme et en compagnie de Gahous qui
reviendrait à Paris pour l'occasion, mais qui
resterait discrètement en retrait, Georges
participerait au prochain salon des
collectionneurs et amateurs d'objets
célestes.

Il ne restait plus qu'à rentrer à la ferme et attendre le jour de la manifestation.

La terre était à point pour semer avec juste ce qu'il fallait d'humidité pour ne pas coller aux sabots.

L'attelage tirait le vieux semoir.

En traçant quatre sillons la machine distribuait, grâce à ses godets doseurs, consciencieusement et à espaces réguliers, les perles de maïs jaune.

Un autre fer refermait en dernière opération les minuscules tranchées alimentées en semence.

La robuste mécanique agraire, pourtant d'une grande simplicité, faisait merveille.

Gahous pensa qu'il ne manquerait plus que quelques pluies printanières pour lancer l'extraordinaire processus de germination.

Dans trois ou quatre semaines, le sol se couvrirait de liseron. Il suffirait alors, à la grande joie des habitants des clapiers, de le tirer au râteau pour en faire la récolte.

Les mères verraient alors gonfler leurs mamelles pour gaver de lait chaud, les petites boules de poils aux grandes oreilles.

Il avait déjà promis à Georges et Jeanne qu'il leur mijoterait, lors de leur prochaine visite, un civet mariné au Madiran et épicé de thym et estragon, dont il avait le secret...

Sur le chemin, Robic le facteur, perché sur

sa bicyclette PTT secouait à bout de bras une lettre. Il appelait Gahous qui était occupé à mettre à mal les ronces qui envahissaient ses haies. À grands coups de croissant,
il coupait tout ce qui était de trop et en faisait des tas avant de brûler.

— Gahous ! Tu as du courrier de Paris. C'est ton copain Georges, cria-t-il.

Le tailleur de haies s'approcha. — Salut Robic, tu me portes des nouvelles ? Le facteur tenait son surnom du fameux coureur qui
était son idole. Non content de faire ses tournées toute la semaine il
passait ses dimanches à grimper et redescendre les coteaux de Madiran à Nogaro et de Nogaro à Aignan.

Il se disait lui-même capable de se mesurer au célèbre grimpeur du Tour de France...

— Cela doit être important pour qu'il t'écrive à cette époque de l'année, poursuivit le facteur.

Il convient de dire que ce dernier n'était pas que passionné de vélo, il était doué d'une curiosité maladive dont tous se méfiaient. Sans être un mauvais bougre, son ultime bonheur était d'être le premier à répandre les nouvelles, avant même que le destinataire n'en soit informé.

Gahous, méfiant et connaissant son homme, vérifia que l'enveloppe était correctement cachetée. Par bonheur nulle trace de violation ne lui apparut.

Une fuite concernant la météorite aurait remis le village en effervescence et l'aurait placé lui-même dans un bel embarras...

Ledit facteur resta là immobile, espérant recueillir quelques renseignements même anodins, sur le contenu de la lettre.

Pourtant il fut fort déçu quand Gahous lui annonça que le moment n'était pas venu...

— Bien ! Le travail m'attend, je la lirai quand j'aurai une minute... Les ronces vont plus vite à pousser que toi, tout Robic que tu es, à descendre la côte de Piétat.

Le facteur suffoqué par cette affirmation et dépité, reprit sa tournée en appuyant de plus belle sur ses pédales.

Gahous savait que la lettre contenait la date et l'invitation de Georges pour participer à la "foire" aux météorites. Mais il était surtout avide de connaître le résultat d'analyse du laboratoire.

Dès que le facteur eut le dos tourné, il décacheta l'enveloppe et prit connaissance de son contenu.

Un procès-verbal était joint. Gahous, à sa lecture, se gratta la tête. Le document officiel précisait que des analyses minéralogiques, chimiques et isotopiques avaient été effectuées.

Les résultats obtenus ne parlaient que de pourcentages de chondrite et achondrite, d'olivine et tridymite, cristobalite, augite et autre plagioclase ou feldspath constitué de calcium et sodium.

Tous ces termes, aussi hermétiques qu'incompréhensibles pour notre novice en matière de météorite, le laissèrent plutôt pantois.

"Chose" plus limpide, le procès-verbal indiquait aussi que l'objet avait de fortes chances de provenir de la planète Mars.

La lettre précisait également que le marché aurait lieu le Samedi 22 Mai prochain et qu'on l'y attendait de pieds fermes.

Il lui restait une bonne quinzaine pour confirmer sa venue et s'y préparer...

Comme à son habitude, Georges attendait son ami sur le quai.

Le marché se tenait dans une salle municipale dans la commune de Neuilly.

Au matin, on cala la pierre dans sa valise et les deux amis prirent la route.

Des tables recouvertes de papier kraft, étaient disposées en cercles au centre de la salle. Les propriétaires de cailloux difformes et de toutes tailles commençaient à installer leurs trésors.

L'entrée des acheteurs potentiels et des journalistes se ferait à 9 heures.

Gahous, qui ne souhaitait toujours pas apparaître comme étant le possesseur de l'objet, fit mine de n'être présent que pour prêter main forte à son ami.

Georges posa la valise à l'emplacement qui lui avait été attribué et sortit la météorite qu'il posa face à lui.

Instantanément, des manifestations admiratives des autres exposants se firent entendre. Tous se précipitèrent pour voir de près ce qui, de toute évidence, était le clou du salon. Non seulement sa taille fit sensation, mais les connaisseurs affirmèrent d'un commun accord qu'une telle météorite, si un document officiel l'authentifiait, valait une fortune.

Georges jeta un coup d'œil discret vers Gahous qui était repassé à l'extérieur du cercle et qui, assis sur un banc, faisait mine d'admirer le plus banal des plafonds, celui de la salle communale.

Serait-ce le Jackpot ?

À l'heure dite, on ouvrit les portes. Une vingtaine de personnes, toutes munies de loupes, et d'instruments de mesure, se ruèrent vers les tables.

La plus belle cohue fut celle qui se retrouva devant Georges.

On admirait, on tripotait, on soupesait en s'extasiant. Deux journalistes, appelés pour l'occasion, prenaient des photos, du trésor et de son soi-disant propriétaire.

Pourtant, une question épineuse surgit tout à coup.

— Pouvez-vous indiquer pour mon article la provenance d'une telle merveille ? demanda un journaliste à la veste jaune.

Toutes les têtes acquiescèrent, attendant la réponse.

"Chose" incroyable, monumental oubli, erreur tactique monstrueuse, Georges se rendit compte qu'avec son ami, ils n'avaient jamais songé à aborder ce sujet.

— Je ne sais... si je dois... divulguer... bredouilla-t-il.

— Mais si vous trouvez un acquéreur, ce que j'espère pour vous, continua le journaliste au veston jaune, vous devrez bien lui présenter un certificat d'authenticité et sur ce document figurera obligatoirement le lieu et l'heure de la découverte.

— À propos, lança l'autre journaliste, moustachu celui-là, je suppose que vous êtes en possession d'un tel document ?

— Oui bien sûr, tout ce qui il y a de plus officiel, il émane du Muséum d'histoire naturelle.

— Puis-je le consulter pour officialiser les sources de mon article ?

Le regard de Georges se tourna vers Gahous qui, toujours incognito, s'était rapproché du groupe.

En acquiesçant de la tête il fit comprendre à Georges qu'il pouvait présenter le document. Et pour confirmer son geste, avec un brin d'hypocrisie, il lança :

— Oui, montrez-nous ce certificat.

Georges sortit de sa poche intérieure le procès- verbal. Il le déplia, rechercha en transe le lieu de la découverte et lut à son grand étonnement :

"... objet découvert sur le plateau du Larzac le 12 septembre 1906"

Gahous avait donc pensé à truquer les informations concernant la trouvaille afin de ne pas éveiller la curiosité de ses Gascons de compatriotes.

Soulagé, il posa le papier grand ouvert, sur la table.

Les deux journalistes prirent des photos qui leur serviraient de justificatifs auprès de leurs journaux.

— Belle pièce véritablement, conclut le moustachu en prenant congé.

Le groupe se dispersa alors sans que la moindre proposition d'achat ne soit avancée.

Quelques grimaces de certains avaient déjà laissé comprendre que la magnifique météorite n'était pas à la portée de leurs bourses.

Une grande déception se lut alors sur les visages des deux amis. Leur trésor était-il à ce point hors de prix et invendable ?

Gahous fit le tour des étals et se renseigna, faussement intéressé, sur ce que demandaient de leurs objets les différents vendeurs.

Très vite, il comprit que sa météorite était vraiment exceptionnelle...

La journée se passa en un défilé continu de curieux et de spécialistes.

Des tractations eurent lieu pour des objets de moindre valeur.

Certains, en remballant leurs cailloux faisaient grise mine. D'autres qui n'avaient plus rien à remballer recomptaient, visage radieux, leurs sous.

Georges attrapa la valise toujours bourrée de paille.

Il s'apprêtait à y replacer l'objet hors de prix quand un petit homme tout de gris vêtu et sortant de nulle part s'approcha.

— 25 ! chuchota-t-il. C'est à prendre ou à laisser. — 25 ? — 25000 bien sûr.

À la foi, abasourdi par la somme et la proposition laconique de l'homme, Georges resta un instant sans voix. À n'en pas douter le bonhomme en gris savait ce qu'il voulait.

Gahous qui était à proximité opina à nouveau et vigoureusement cette fois du bonnet... 25000 francs, une véritable fortune ! Même si l'acheteur potentiel faisait une affaire, jamais, même en totalisant durant le reste de ses jours, ses ventes de poules, lapins et la ferme avec, il ne réussirait à posséder une somme pareille.

Pour la forme, Georges fit mine d'hésiter. — 27... fit-il. — 26, c'est ma dernière offre dit le petit homme, en

pivotant à demi sur ses talons. Georges s'empressa de conclure. — Elle est à vous Monsieur...

Le bonhomme, en sortant une imposante liasse de billets de banque de sa serviette, indiqua qu'il s'appelait Simon Verbert et qu'il agissait en lieu et place d'un grand collectionneur américain.

Georges, en empochant le paquet d'espèces avait déjà oublié le nom et les qualités du mandataire fortuné.

— Et pour vous remercier, cher Monsieur, je vous fais cadeau en prime, de la valise.

— L'homme, sourire aux lèvres, disparut comme il était venu.

Dans le train qui le ramenait à Nupiac, Gahous repensait au somptueux repas qu'il avait offert à ses amis... Et à "l'Écaille d'argent" s'il vous plait !
Pour s'être régalés, Diou biban, ils s'étaient bien régalés !
Après l'incontournable douzaine de fines de claires au Sylvaner, pour la première fois, ils s'étaient délectés de vraies truffes du Périgord.
La galantine de volaille, qui accompagnait ces dernières et les filets de turbots farcis à la queue de homard émincée, n'étaient pas mal non plus...
Le moka "maison" rehaussé de profiteroles lui avait bien un peu pesé sur l'estomac, mais qu'à cela ne tienne, une fois n'était pas coutume ! et quand bien même, il aurait eu une indigestion carabinée, le plaisir aurait été pris !
Heureusement les bulles, du Cordon Rouge dégusté au milieu des rires, avaient eu raison de ses faiblesses gastriques...
Son visage s'assombrit un instant. Il eut une pensée pour Adrienne.
Ah si elle avait été là, si elle avait pu voir la liasse de billets de banque...
Elle s'en serait payé des robes et des bas de soie...
Revenant sur terre, il se prit à réfléchir.

Tout d'abord il faudrait qu'il trouve un endroit sûr pour cacher le magot.

Il n'était pas question de le déposer à la banque. Un employé zélé aurait tôt-fait de vendre la mèche.

En province, le secret professionnel a ses limites...

La ferme était assez vaste et comprenait bien des nœuds de poutres ou des recoins qui feraient l'affaire...

Un agréable sentiment de sécurité envahit notre homme.

Il serait à tout jamais à l'abri du besoin.

Il pourrait agrandir la propriété, racheter des vaches, changer ses clapiers hors d'âge, faire installer le chauffage central et une magnifique baignoire de fonte émaillée comme celle qu'il avait utilisée chez Georges et Jeanne...

Pour l'heure, le magot était bien calé dans sa musette, coincée entre son dos et celui de la banquette.

« Avec tous ces pickpockets qui rodent dans les wagons, on ne prend jamais trop de précautions », pensait-il...

Le temps était au beau fixe sur l'Ouest. Quelle différence avec l'aller qu'il avait fait dans le train de nuit en compagnie de "la menteuse." Celle-ci ne l'avait lâché qu'à son arrivée au petit matin à Paris.

Le front appuyé au rideau au sigle SNCF, le nouveau riche admirait le paysage qui défilait sous ses yeux.

On avait passé Limoges.

Champs verdoyants et bois vert tendre défilaient en cortège.

Dans le cadre de la fenêtre des vergers en fleurs s'ouvraient tels d'immenses éventails et se refermaient aussi promptement.

Gahous les voyait alors s'éloigner en faisant place à d'autres merveilles toutes aussi éphémères.

Le vignoble du Bordelais lui indiqua qu'il entrait en Aquitaine.

Puis ce fût la forêt plus monotone de pins maritimes des Landes.

La fenêtre, que son passager d'en face avait entr'ouverte, laissait maintenant entrer des effluves d'écorces résinées.

Un peu de pureté contre la fumée entêtante du fumeur de pipe ! Celui-là n'avait eu de cesse, depuis le départ, de "crapauter" du gris à l'autre extrémité de la banquette d'en face.

Furtivement, il avait aperçu une troupe de chevreuils qui, à la manière de génisses étonnées, regardaient, sur leur garde, passer le bruyant serpent d'acier.

Les vallons de Gascogne, comme les vagues d'une mer calme, ondulèrent sur l'horizon rosi du crépuscule. Demain il ferait beau. On arrivait...

Bientôt le bercail, tout s'était bien passé. Après avoir sauté sur sa bicyclette Hirondelle, Gahous avait parcouru, nez au vent et précieuse musette en sautoir, les douze kilomètres qui le séparaient de la ferme. Il avait longé l'étang du Lucq, objet du canular de ce blagueur de Léon.

Des effluves de vase à la menthe et d'iris aquatiques à la mousse, flottaient dans l'atmosphère. Elles furent, l'espace d'un instant, remplacées par celles d'étables aux promesses de lait chaud...

Le lendemain, au petit matin, il était monté au grenier et avait, chose aisée, trouvé la meilleure cache possible pour son magot.

Il s'était souvenu que ses grands parents, puis son père, avaient mis en sûreté quelques pièces d'argent sous une latte vermoulue du plancher.

Puis entre deux poutres, les précieuses monnaies avaient longtemps dormi dans une boîte à chapeau posée sur les lambris du faux plafond.

Ces économies avaient fini par fondre comme beurre au mois d'août.

Les soins onéreux prodigués à sa pauvre mère en avaient eu raison, sans pour cela avoir pu éviter la douloureuse échéance.

Le chemin de terre qui menait à la ferme des Gahous se prolongeait vers le Nord, jusqu'à celle des Brètes, Remi et Amélie. Les deux fermes n'étaient distantes que d'un petit kilomètre.

Les Brètes prenant de l'âge, avaient laissé depuis deux années leur propriété en fermage à Gahous, qui chaque mois, leur versait un loyer.

Les deux bons vieux, avec lesquels les Gahous avait toujours entretenu des liens solides de bon voisinage, n'avaient eu qu'une crainte : voir leur précieux patrimoine se transformer en jachères. Aussi ils étaient venus timidement voir Gahous et lui avait exposé, sur un ton empreint de mélancolie leur projet de fermage. Amélie y avait même été de sa larme...

Gahous qui ne rechignait pas à la tâche, avait d'emblée accepté la proposition de ses vieux voisins.

Les terres ainsi entretenues continueraient, comme par le passé, à être rentabilisées. En outre, les loyers à bail qu'il verserait au couple permettraient à ces braves gens de finir leurs jours en toute quiétude.

Gahous les avait alors rassurés.

— Ne soit pas triste Amélie, lorsque pour moi aussi l'âge sera là, il faudra bien que je

fasse la même chose avec mes propres champs, mon pré et mon bois. Et puis sachez que je ne serai que votre locataire, nous resterons amis et vous savez bien que cela n'est pas un vain mot. — Là n'est pas notre crainte, mon garçon, avait dit Remi, nous savons à qui nous avons à faire, mais louer nos terres c'est comme partir un peu... Il nous faudra du temps pour nous habituer à voir le labour se retourner sous la charrue d'un autre, aussi estimé soit-il.
— Que diable, Amélie et toi, sans être aussi alertes qu'à vos vingt ans, n'êtes pas encore pris en otages par vos rhumatismes ! Il vous suffira de me regarder faire et d'enfin vous laisser vivre au gré du temps...
Ainsi, les années s'étaient succédées sans qu'une ombre ne vienne ternir la bonne entente entre les deux parties.
Parfois, Remi, rappelé sans doute par sa terre, venait mêler son pas à celui de Gahous pour discuter un peu et « garder la forme », disait-il.
Mais il ajoutait :
— Traîner mes vieilles jambes dans le sillon, passe encore, mais conduire le brabant serait une autre affaire...
Gahous, lui, avait la force de la jeunesse et lutter contre les caprices incessants de la charrue ne lui posait aucun problème.

Les sillons s'additionnaient, se
multipliaient en des droites parfaites.
Inutile de faire travailler plus que
nécessaire ses méninges, la longue pratique
et l'instinct suffisaient à empêcher tout
manquement à la rectitude du labour.
Parfois, lorsque Remi venait faire un bout
de champ avec lui, Gahous percevait la
fatigue du vieil homme.
Après quelques allers-retours, ses phrases
s'abrégeaient, son pas s'alourdissait.
Le souffle court, il laissait s'échapper
quelques "ouf !"...
Le laboureur lançait alors un rude "dia !"
en direction des deux vaches qui aussitôt
s'immobilisaient.
— Cette terre est lourde aux semelles,
Remi, une petite pause me fera le plus
grand bien, et toi qu'en penses-tu ?
Le vieux sage alors se redressait et campé
dans ses sabots trouvait toujours une
bonne excuse pour ne pas perdre la face.
— Le paysan au champ n'a pas de pendule,
il n'a que l'heure de ses jambes. Ce qui reste
à faire sera pour après. Nous aurons bien le
temps de mourir. Pourquoi s'entêter à
toujours courir quand on peut s'offrir un
moment à flâner...
Ou encore :
— La paresse n'est pas de prendre un

moment de repos, mais bien de ne jamais terminer son travail...

Gahous acquiesçait, d'un air entendu.

Alors, chacun inconfortablement assis sur sa roue de brabant, restait un moment silencieux.

L'un attendait que l'autre ait récupéré et l'autre que le premier ne donne pas trop vite le signal de la reprise...

Amélie, quant à elle, vaquait en clopinant à ses occupations ménagères.

Le jour de la garbure était prétexte à inviter Gahous à sa table.

Remi, en s'installant devant son assiette de soupe fumante, l'unique plat, lançait fièrement :

— Millou Diou ! nous avons bien avancé ce matin, hein garçon !

Amélie qui n'était pas dupe, répondait alors, en direction de Gahous,

— Tu as là un renfort de poids... Et en direction de son mari, — Il va falloir réviser les loyers à la hausse, avec l'aide que tu lui apportes...

Alors en riant, on plongeait la cuillère dans l'assiette à calotte.

Mis en appétit par le grand air, on dégustait les fèves, légumes et confit d'oie, longuement mitonnés. Lorsqu'il ne restait qu'un demi verre de bouillon encore tiède, on attrapait la bouteille de rouge tannique et l'on faisait chabrot.

On avait bien parlé de la "Chose", le jour de l'explosion.

Remi, encore au lit, crut à un coup d'orage. Il s'était levé et après avoir poussé le volet fut étonné de découvrir un ciel sans nuages. Puis Robic le facteur, passé, selon son habitude, à l'heure de l'œuf-ventrèche. bien que n'ayant aucun pli à

remettre, mais un petit creux d'estomac à combler, s'était attablé et lui avait annoncé la nouvelle :

« Aux dires de Léon Feugas, une énorme météorite était tombée dans

l'étang du Lucq ! »

Remi n'avait pas jugé utile de faire deux kilomètres sur son vieux vélo pour aller voir un banal caillou...

Gahous avait bien ressenti quelques regrets de ne pas mettre ses amis dans la confidence, mais dévoiler son secret aurait risqué inéluctablement de déclencher convoitises et jalousies dans le village. Et puis l'objet n'était-il pas tombé sur son territoire ?.. Aussi n'avait-il de comptes à rendre à personne.

Des semaines passèrent. Gahous renforça son cheptel par l'achat de trois belles blondes béarnaises. Il remplaça les clapiers, en augmenta le nombre, agrandit le poulailler et multiplia les nichoirs.

Après avoir installé une chaudière à charbon et commandé au plombier d'Aignan l'installation du chauffage central, il transforma la buanderie en cabinet de toilettes et y fit installer la baignoire de ses rêves.

Robic, à qui rien n'échappait, et avec sa discrétion légendaire, ne manqua pas de lui poser la question.

— Hé bé, Gahous, aurais-tu gagné à la loterie ?

— Que crois-tu que je faisais à Paris, du temps où j'étais cordonnier, sinon économiser ? lui répondit notre nouveau riche.

L'autre était alors reparti en colportant à qui voulut l'entendre que Gahous lui avait confié, qu'à la Capitale, il s'était constitué un joli magot à fabriquer des milliers de chaussures « et de luxe en plus ! » ajoutait-il.

Certains s'étonnaient. — Et ce magot, il dormait dessus jusqu'à présent ? — C'est que l'on parle de dévalorisation de la monnaie maintenant. Il trouve sans doute préférable d'investir, plutôt que de voir fondre ses sous en banque, répondait d'un air assuré, le facteur.

Le bon sens, venant d'un honnête fonctionnaire, mettait un terme à la conversation.

— Ma foi peut-on reprocher à quelqu'un d'être prudent ?

En fait Gahous avait bien pensé que ses billets de banque, même s'ils étaient en lieu sûr dans leur boîte, ne feraient pas des petits. Au contraire, s'il ne réagissait pas immédiatement, ils finiraient par n'avoir pas plus de valeur qu'un assignat de "La Caisse de l'Extraordinaire" propre à la Révolution.

Aussi il prit la décision de se rendre dans plusieurs banques et d'y convertir en pièces d'or ce qui n'était, à ses yeux, que de vulgaires bouts de papiers.

Au moins, louis et napoléons, quoi qu'il arrive, resteraient des valeurs sûres et ne risqueraient pas de finir rongés par les mites...

Quant aux voleurs éventuels, le calibre douze juxtaposé du père était toujours prêt à "faire péter" !

C'est ainsi que l'encombrante boîte à chapeau fut remplacée par une plus discrète, mais aussi précieuse, blague à tabac...

Mais notre homme ne s'arrêta pas là.

Ayant réfléchi qu'un jour, le couple Brêtes

viendrait à disparaître, il ne souhaitait pas que la propriété, dont il assurait l'entretien, tombe aux mains de n'importe qui.

Les Brêtes avait une fille mariée qui était parti à la ville pour suivre son époux fonctionnaire. Le couple et leurs deux enfants n'avaient aucune intention d'exploiter la propriété.

Aussi, Gahous proposa à ses amis Brêtes de leur acheter la ferme et ses dépendances, en viager.

Amélie fut tout de suite séduite par cette proposition qui leur permettrait de gâter leurs enfants et petits-enfants. Elle n'eut aucune difficulté à convaincre Remi, lequel s'était maintenant accoutumé à voir sa terre retournée par un autre...

Aussitôt, l'affaire fut conclue.

La nouvelle fit évidemment le tour du village.

Au milieu des bavardages, il se dit que Gahous, lorsqu'il était parisien, avait dû vraiment vendre beaucoup de chaussures... Robic le facteur quant à lui, était passé des milliers aux millions...

Une chaleur, inhabituelle pour un mois de mai, s'était abattue sur la région.

Dans le lointain, la chaîne pyrénéenne se détachait anormalement sur l'horizon.

La montagne bleue semblait s'être avancée vers l'intérieur du pays comme pour s'exhiber. Elle rappelait aux Gascons qu'elle était bien là, majestueuse et massive.

Les sommets des crêtes encore enneigés, du Pic du Midi à celui d'Ossau, formaient une ligne brisée d'un blanc immaculé contrastant avec le ciel d'azur.

Si tous appréciaient le spectacle offert dans ces moments précis, chacun savait aussi qu'il était annonciateur d'un temps moins propice à la contemplation.

La nuit précédente, Gahous avait perçu le bruit d'un éclat de tuile qui roulait sur le toit.

La hulotte avait pris son tour de garde sur les faîtières.

Gare aux souris, mulots et rongeurs imprudents qui sortiraient pour voler le pain des poules...

D'ordinaire silencieuse en cours de chasse, elle avait cette nuit encore lancé des kieek ! kieek ! répétés.

Qu'avait-elle annoncé cette fois au maître des lieux ?

Ce dernier s'en douta un peu...

De retour des champs, il ferma l'étable afin de mettre sans tarder, les bêtes à l'abri.

À n'en pas douter, l'orage venant d'Espagne serait pour cette nuit.

Déjà un rideau noir, poussé par
"l'Espagnol", montait sournoisement de
derrière la montagne.
La faune habituellement bruyante, comme
inquiète, se taisait.
Dans l'attente du grand déchaînement, tout
n'était que lourdeur, immobilité et silence...
Le rideau d'encre menaçant, continuait sa
lente progression.
Des tourbillons de sorcières se formaient çà
et là, entraînant dans leur danse les
chatons de saule qui avaient envahi
l'atmosphère soudainement assombrie.
Puis ce fut au tour des grands chênes et
châtaigniers de frissonner de concert.
Alors les blés en herbe commencèrent à
onduler telle la houle glauque d'un océan
végétal...
Gahous ne dormait pas.
En nage, étendu sur son lit, il écoutait le
vent qui soufflait maintenant en rafales.
Entre deux bourrasques, un hou... hou...
caractéristique en provenance du bois, lui
indiqua que le compagnon de la hulotte
invitait sa femelle à le rejoindre pour se
mettre à l'abri.
Dans un envol silencieux, la chouette, se
défiant du vent, fila droit vers son aire déjà
fin prête pour la nidification.
Elle plongea dans le creux du chêne hors

d'âge et y retrouva son compagnon.

Tous deux serrés et immobiles, observant la tempête, décidèrent de jeûner jusqu'au calme revenu.

Peut-être prièrent-ils le Dieu des hiboux pour qu'il fasse en sorte que la foudre épargne leur refuge...

Au travers des volets mi-clos, un fulgurant éclair aveugla Gahous.

Presque simultanément un formidable coup de tonnerre, sec comme un tir de mortier, lui comprima les tympans.

Durant quelques secondes, alors qu'il se tenait les tempes, des acouphènes remplacèrent le vacarme extérieur.

« Celui-là n'est pas tombé loin », se dit-il en faisant un rapprochement avec la chute de la météorite.

« On verrait bien demain, avec le jour... »

On entendait maintenant les cascades d'eau de pluie, provenant des dalles débordantes, s'écraser sur le sol.

Des grêlons de bonne taille accompagnaient le vacarme en claquant et rebondissant sur le toit.

Un air rafraîchi s'infiltrant entre les volets entra par la fenêtre grande ouverte.

Gahous tira le drap...

Après avoir redoublé de vigueur, l'orage maintenant s'éloignait pour infliger sans doute les effets de sa rage à des contrées plus reculées.

Dans le lointain, on entendit encore quelques grondements diffus.

Gahous pensa aux bougonnements d'un mauvais coucheur, qui serait reparti après une violente fâcherie non apaisée. Avec rancune, il semblait promettre de revenir à la charge...

Un grand silence revint.

Perçant la nuit, l'horloge du clocher sonna trois heures.

Sans doute encouragé, un timide grillon osa faire entendre sa voix de chitine.

Ses congénères firent bientôt de même.

Rassurée, la nature redevenait mobile et bruyante.

Gahous se laissa bercer un moment par le grésillement métallique des insectes sauteurs.

La hulotte devenue muette avait, quant à elle, accompli sa tâche... Elle avait donné l'alerte.

Un sommeil réparateur, sans prévenir, s'abattit d'un coup telle une lourde chape sur l'homme épuisé.

Il s'endormit alors ne laissant aucune place aux rêves. Le reste de la nuit serait court et il n'était plus question de perdre son temps à égrener des songes comme on sème du maïs.

La journée qui suivrait ne serait pas de tout repos... Ce ne fut pas un vain mot.

La tempête avait marqué son passage. La cour de la ferme était jonchée de branches cassées et de morceaux de tuiles brisées par la grêle.

Gahous s'empressa de se rendre à la "Touyade", (nom ancestral de la ferme Brêtes, sans doute dû à la touye synonyme d'ajonc en patois.)

Peut-être que le couple de vieux paysans avait-il besoin d'aide...

Arrivé sur les lieux il trouva le même spectacle : une cour jonchée de débris divers.

Un coup d'œil rapide vers la toiture lui indiqua qu'il faudrait, là aussi, changer quelques picons.

Mais ce qui l'attendait à l'intérieur était bien pire.

Amélie était prostrée, immobile sur une chaise de la cuisine.

l'air.

Aucune odeur de café ou de pain grillé ne flottait dans

Gahous s'approcha de la vieille femme. — Que se passe-t-il dans cette maison ? — C'est mon vieux Remi... il est parti, bredouilla la

femme. — Comment cela parti ? dit Gahous en se dirigeant
précipitamment vers la chambre.
Son vieil ami était allongé sans vie sur le lit.
Il semblait dormir d'un sommeil paisible, mais son visage blême ne trompait pas...
L'orage n'avait donc pas été la seule raison du cri de la hulotte...
Revenu dans la cuisine, Gahous interrogea Amélie qui maintenant commençait à réagir en sanglotant, les joues inondées de larmes.
Son visage était ravagé par la douleur, des rides profondes creusaient son vieux front.
— Ma bonne Amélie,
comment est-ce arrivé ?
La femme tourna son visage vers son ami, ses yeux reflétaient toute la tristesse du monde.
— C'est le coup d'orage... il a fait un bond dans le lit et puis plus rien... j'ai pensé qu'il s'était rendormi, mais ce matin en le secouant comme à chaque fois pour qu'il se lève... je l'ai trouvé tout froid... Alors j'ai compris que c'était fini...
Gahous tout à-coup se dit que tuiles, branches cassées ou récoltes couchées, n'étaient que tracas bien secondaires devant l'horreur de la mort qui vous prive d'un être cher.

Il passa un châle sur les épaules de son amie devenue veuve.

Il alluma la cuisinière et y posa la cafetière émaillée pour faire réchauffer le café à la chicorée passé la veille. Amélie se laissa convaincre d'en boire un demi bol, préalablement et à dessein, trop sucré par son jeune ami. Le sucre n'était-il pas le meilleur des reconstituants ?

Gahous s'apprêtait à se rendre à la mairie pour déclarer le décès de son ami quand il entendit s'approcher, sifflant le temps des cerises, ce qu'il pensa être le facteur.

Son oreille ne l'avait pas trompé, le vélocipédiste n'était autre que Robic qui faisait sa tournée.

Selon son habitude il entra sans frapper.

— À quoi bon taper à une porte qui sait pertinemment que son visiteur passe tous les jours à la même heure, disait-il.

Quelle ne fut pas sa surprise quand, Gahous l'index sur la bouche, lui annonça la triste nouvelle.

Était-ce pour l'œuf/ventrèche, ou par véritable peine que le facteur fondit en larmes ? Quoi qu'il en soit, et après ce moment d'émotion, il remonta en selle pour refaire sa tournée en sens inverse. Avant les douze coups de midi tout le village était informé dans les détails du drame des Brêtes.

Léon Feugas, toujours partant pour se distinguer, assura qu'il avait rêvé que le vieux était mort et qu'il avait failli faire le voyage pour s'assurer que tout allait bien...

Alors, tombant du clocher comme des larmes de plomb, le glas égrena son lugubre chapelet. Chacun des coups de bronze annonçait à tous l'accablante nouvelle, le père Brêtes est mort... le père Brête est mort...

Le jour des obsèques, une phrase fit le tour du cortège :

— Pour ce vieux Remi, tout de même, ce fut une belle mort...

Comme si une mort pouvait être belle ! Elle avait été douce, puisque subite, tout au plus.

D'autres rectifièrent : — Qui peut savoir ?

— Seul le défunt pourrait le dire... — Oui, mais puisqu'il est mort...

Plus tard, Suzy, la fille Brêtes, proposa à sa mère de quitter la ferme pour venir vivre avec eux à la ville. Rien qu'à cette idée, la vieille femme faillit en tomber malade. Jamais elle ne quitterait sa maison de son plein gré.

Laisser ses souvenirs à Nupiac et ne plus pouvoir veiller sur ce qui la rattachait encore à son pauvre mari lui était insupportable.

Gahous proposa alors, de s'occuper d'elle comme il l'aurait fait pour sa propre mère.

Il se rendrait chaque soir à la Touyade chercher Amélie pour qu'elle soupe et dorme à la ferme « qui ne manquait pas de chambres vides. »

Il s'occuperait de l'approvisionnement en bois. Il l'emmènerait avec lui, prendre l'autocar du jeudi pour se rendre au marché d'Aignan et faire leurs courses pour la semaine.

Suzy et son mari n'avaient rien à craindre, la vieille femme serait en sécurité...

Cette solution jugée satisfaisante fut adoptée à l'unanimité.

Ce fut après les moissons que la hulotte, jusque-là trop prise par sa progéniture de l'année et restée discrète, se manifesta à nouveau. Cette fois elle sembla plus exaltée qu'à son habitude.

Si par le passé, elle ne lançait que quelques chuintements rapides, depuis plusieurs nuits, postée au milieu de la toiture, elle redoublait de vocalises.

Il arrivait même parfois qu'elle s'installe en compagnie de ses trois petits que le père venait de temps en temps ravitailler.

Le groupe ainsi réuni faisait bénéficier des heures durant aux deux habitants, le concert de leurs bruyants échanges familiaux...

Gahous qui ne pouvait trouver le sommeil se demandait bien quelle était la nature d'un tel vacarme.

Amélie qui maintenant passait ses nuits à la ferme ne dormait plus depuis la disparition de son pauvre Remi. Elle considérait donc la chose comme un banal passe-temps nocturne.

Une nuit pourtant, alors que la femelle hulotte semblait être seule, Gahous se leva. Il profita de la pleine lune pour se placer de sorte que la tête de l'oiseau diurne se détache sur le disque opalin de "la menteuse".

Il connaissait bien des villageois, inconditionnels du plomb de six, qui auraient depuis longtemps déjà mis fin aux caquetages répétés des prédateurs nocturnes.

Non contents de leur exploit, ces inconscients n'hésitaient pas à faire savoir aux autres volatiles de même nature, le sort qui leur était réservé en cas de récidive. L'oiseau assassiné était systématiquement cloué, ailes déployées, sur une porte de grange ou d'étable afin de prévenir ses congénères :

— L'oiseau ainsi écartelé semblait dire :

Danger de mort, n'approchez pas du sauvage qui m'a massacré !

Gahous avait appris à respecter les diseurs d'aventures à plumes, que leurs prédictions soient bonnes ou mauvaises.

Son grand-père lui avait enseigné, par le passé, que si les chouettes assurément prévoyaient les évènements à venir, ces derniers n'étaient pas obligatoirement signes de catastrophes... la météorite n'en était-elle- pas la meilleure preuve ?

Aussi notre homme se gardait bien de prendre le fameux juxtaposé...

Il fixait l'oiseau depuis un moment quand il s'aperçut que celui-ci tournait, sa tête d'un demi-tour (comme seules les chouettes savent le faire) pour fixer le nord de la ferme avec insistance.,

Qu'elle était la signification de cette étrange attitude ?

Quelque chose d'inhabituel, à l'arrière du bâtiment, semblait inquiéter la hulotte.

En regagnant sa chambre, Gahous se promis le jour venu, de faire le tour de la maison afin de tenter de découvrir l'objet de tant d'intérêt.

Au petit matin Gahous se dirigea vers l'arrière de la ferme.

Il y avait là, une sorte de terre-plein

herbeux apprécié par la basse-cour qui y pacageait et grattait le sol en quête de vers de terre.

La volaille suffisait ainsi à l'entretien du lieu sans que le fermier n'ait à intervenir...

Un hangar en appui sur le mur arrière servait de réserve à foin.

Gahous en quête d'indices pouvant lui permettre de comprendre l'attitude bizarre de la hulotte scruta le sol, fouilla la haie de clôture et observa les toits sans résultat.

Il s'apprêtait à faire demi-tour pour se préparer à des tâches plus urgentes, quand il prit la décision d'aller inspecter le hangar.

Déjà par le passé, il avait découvert sous le foin, un couple de fouines qui s'apprêtait à y nicher en tout aise.

Il avait eu toutes les peines du monde à chasser ces prédateurs qui présentaient un réel danger pour la basse- cour.

Le couple de martres était insaisissable. Le nid détruit était systématiquement refait chaque nuit sans que les pièges posés à toutes fins utiles ne se déclanchent.

Il avait fini par avoir le dernier mot, une nuit claire, en se mettant à l'affût.

Grâce à la Lune, il avait enfin réussi à abattre la femelle. Le mâle quant à lui ne revint jamais sur les lieux de son veuvage...

Il entra sous l'appentis et vérifia que les bottes de foin ne présentaient pas de souterrains. Il monta également sur la pile afin de rechercher si quelques rats ou autres n'avaient pas eu l'idée d'y faire leur gîte.

C'est en redescendant de la pyramide de bottes que le sol végétal se déroba sous ses pieds. Il tomba de tout son poids.

Heureusement la chute fut amortie par le matelas de foin.

Il découvrit alors qu'un abri avait été pratiqué par un judicieux empilage de quelques bottes.

L'une d'entre elles, glissant sur le sol, servait de porte d'entrée.

Après avoir dégagé la paille répandue, il remit le tout en place tel qu'il l'avait trouvé.

Il fallait ne pas attirer l'attention du locataire...

Le soir qui suivit, à la tombée de la nuit, notre homme se posta à l'autre coin de la grange, bien décidé à découvrir la clef du mystère.

Il se cacha derrière de longues planches qui séchaient debout contre le mur.

Redoutant la présence d'un rôdeur mal intentionné, il s'était armé d'un solide bâton.

L'horizon avait disparu depuis un bon

moment quand il perçut à peine, une silhouette aux pas feutrés qui se dirigeait comme une ombre vers la cachette.

Il attendit quelques instants que l'ombre s'installe, puis, allumant sa lampe-tempête, le gourdin à la main, il se précipita vers le lieu de l'énigme.

D'un coup sec, il tira à lui la botte de foin qui fermait le trou, sans qu'aucune réaction ne se fasse entendre de l'intérieur.

Il approcha la lampe.

À sa grande surprise, il découvrit recroquevillée et tremblante d'angoisse, une jeune femme au teint blême.

À quatre pattes, la tête à l'intérieur de la cache de fortune, il attrapa le bras de la femme et l'obligea vivement à sortir.

— Que faites-vous là ? Celle-ci visiblement affolée et en larmes s'écria : — Ne me faites pas de mal, Monsieur, je vais partir... vous n'entendrez plus jamais parler de moi... — Venez à la maison, je veux entendre vos explications, dit Gahous en maintenant toujours et avec fermeté le bras de la fille.

Amélie, qui avait entendu les cris, attendait debout dans la cuisine, quand le couple pénétra dans la pièce.

— Voilà ce que j'ai trouvé dans la grange, annonça Gahous en forçant la nouvelle venue à s'asseoir sur une chaise qu'il avait approchée d'un coup de pied.

La jeune femme était de petite taille. Son visage amaigri témoignait d'une grande souffrance. Ses grands yeux noirs terrifiés fixaient la vieille Amélie implorant un peu de pitié.

La bonne vieille ne s'y trompa pas, il fallait calmer Gahous...

— Mon garçon, cette petite, à voir sa mine, doit avoir faim et soif. Avant d'écouter ce qu'elle a à dire, je pense qu'il faut la rassurer, la réchauffer. Je vais lui préparer un
grand bol de lait et quelques tartines de rillettes, si toutefois tu n'y vois pas d'inconvénient...

— Va pour le bol et les tartines... — Comment t'appelles-tu petite ?

La jeune fille, quelque peu calmée par l'attitude apaisante de la vieille paysanne, lâcha entre les dents :

— Claire, Madame, je m'appelle Claire... — Claire comment ? — ... Je ne peux vous le dire, cela serait dangereux
pour moi... — Nous verrons plus tard, dit Gahous en se dirigeant
vers la porte, reprenez vos esprits, je m'en vais ouvrir les bêtes, après nous causerons. Je serai de retour dans une minute...

Celle qui disait s'appeler Claire se jeta sur la nourriture.

— Quel âge as-tu, demanda Amélie en l'observant avec curiosité.

— Bientôt vingt-deux ...

D'où venait cette fille ? Qu'est-ce qui avait bien pu la pousser à vagabonder, à se cacher de la sorte ? Quel était son secret ? Qu'allait-on faire d'elle ?

Autant de questions que Gahous, à son retour, ne manquerait pas de lui poser.

Au-dehors, la voix du fermier se fit entendre.

— Ah ! te voilà toi ! décidemment tout le monde rapplique en même temps dans cette maison.

Amélie comprit que son ami s'adressait à la Mounette.

Se tournant vers la jeune inconnue comme à une habituée de la maison, elle expliqua :

— Voilà trois bons mois que sa chatte a disparu. Elle va encore revenir pleine et il faudra qu'il noie les petits.

Claire, sans doute trop préoccupée par son avenir, ne répondit rien.

La porte restée entr'ouverte grinça légèrement. La Mounette, efflanquée, entra et se dirigea directement vers le garde-manger.

— Toi aussi tu es affamée ? lui demanda

Amélie. Tu as sans doute assez couru...
La Mounette, comme beaucoup de chats
dans les campagnes, était considérée plus
comme un raticide bon marché que comme
un animal familier. Sa robe tricolore des
plus communes rajoutait à son
insignifiance.Lorsque l'on était en pénurie
de déchets, on mettait la bestiole à la porte
en la sommant de trouver des souris.
En définitive, chacun y trouvait son
compte...
Maintenant, elle se frottait aux jambes de la
vieille femme en ronronnant et miaulant.
Elle l'implorait de lui donner de quoi
calmer sa faim.
Amélie ne put s'empêcher de faire un
rapprochement avec la jeune fille, tout au
moins pour ce qui était de l'aspect physique
et de l'appétit...
En attendant le retour du maître, elle se dit
qu'un peu de lait ferait l'affaire.
Manifestant de plus belle sa satisfaction, la
fugueuse se mit en devoir de vider à vifs
coups de langue le contenu de l'écuelle.
L'estomac repu elle grimpa sur sa chaise,
sans doute attitrée, et complètement
étrangère au reste du monde, elle
s'endormit la patte gauche sur le museau.
Elle ne bougea pas un cil lorsque Gahous
réapparut.

Claire, par contre, jeta un regard inquiet vers le maître des lieux. Quel sort lui réservait-il ?

Gahous approcha une chaise et s'assit à califourchon, le dossier entre les jambes.

— Qu'allons nous faire de toi, jeune fille ? et tout d'abord qui es-tu, d'où viens-tu et que faisais-tu ainsi cachée sous ma paille ?

La jeune fille répéta ce qu'elle avait déjà dit lors de sa découverte.

— Je vais partir, Monsieur, je vais disparaître, mais par pitié ne parlez à personne de ma venue, il en va de ma vie...

— Ne nous précipitons pas, répondit Gahous, il n'est pas question pour moi de te relâcher dans la nature si je sais que tu cours un risque grave. En contrepartie, je souhaiterais que tu m'expliques quelle est la cause de tes soucis ?

La jeune fille alors, expliqua en pleurant, le calvaire qu'elle vivait avec un père brutal qui abusait d'elle depuis de nombreuses années.

Sa mère soumise et terrorisée laissait faire...

Par deux fois, elle était tombée enceinte. C'était elle, sa mère, qui l'avait faite avorter « à l'aide d'aiguilles à tricoter », précisa-t-elle.

La deuxième fois, à cause d'une infection, elle avait été très malade et eut toutes les peines à s'en remettre.

Ils habitaient une maison au confort rudimentaire, isolée, à proximité d'Izotges. Son père se louait de fermes en fermes pour les moissons, les dépiquages ou les vendanges.

Le maigre salaire qu'il ramenait passait surtout à financer ses beuveries et son tabac.

Elle raconta qu'elle n'en pouvait plus et qu'elle avait pris la décision de quitter la maison. Elle irait n'importe où, pourvu que son père ne puisse la récupérer...

Elle avait trouvé le refuge du foin, il y avait trois semaines.

Elle partait avant le jour dans la campagne pour chaparder quelques fruits dans les vergers ou gober quelques œufs dérobés sous le cul des poules.

À l'abri des regards, elle séjournait dans les bois et se baignait dans les ruisseaux.

Amélie lui fit remarquer que cette situation était vouée à l'échec. Si la belle saison lui permettait de survivre, il n'en serait pas de même l'hiver...

Elle répondit qu'elle préférait mourir de froid et de faim plutôt que d'affronter à nouveau les agressions paternelles.

Gahous, devant la détermination de la jeune fille, lui assura qu'il garderait le secret et qu'elle pourrait rester quelque temps en promettant de ne jamais sortir de la maison. On aviserait plus tard...

Pour ce qui était de sa toilette, une solution fut toute trouvée.

Dans une armoire, s'entassaient les habits de sa pauvre femme. Il n'avait pas eu le courage de s'en séparer. Ils feraient l'affaire en rendant service...

— Comment pourrais-je vous remercier de votre hospitalité ? demanda Claire.

— En t'occupant au mieux et en t'installant dans la mansarde du grenier. Elle avait été aménagée par mes grands-parents. Une époque révolue ou il fallait loger la marmaille. Tu seras certainement mieux là, que sous mes bottes de foin...

Ce jour-là, Amélie ne regagna pas la Touyade.

Elle resta sur place pour aider la jeune Claire à s'installer, prendre un bain dans la nouvelle baignoire, se recoiffer, se changer et

surtout : trouver un peu de tranquillité...

Une semaine passa.

Gahous se demandait bien ce qu'il allait faire de cette fille qui semblait prendre ses marques à la ferme.

Elle cuisinait, passait la serpillière et n'hésitait pas à faire preuve d'une bonne volonté évidente.

À plusieurs reprises, elle s'était confiée à Amélie, lui avait donné son nom de famille. Elle s'appelait Anglade.

Amélie, devant cette marque de confiance, avait alors ressenti une sorte de fierté en sachant que Claire se disait en grand danger...

— Monsieur Gahous me rend un grand service en m'hébergeant, je me sens redevable et quoi qu'il arrive dans l'avenir, les jours passés avec vous deux m'auront été d'un grand secours.

Gahous quant à lui, décida de mener l'enquête afin de se faire une propre idée de ce qu'était cette horrible famille...

Un Dimanche, il se rendit à Izotges et s'installa à la terrasse du café, parmi quelques joueurs de belotte.

Il commanda un panaché.

Le patron du bistrot, bon commerçant, devant ce cycliste inconnu, entama une banale conversation.

— Avec cette chaleur, si vous venez de loin, un bon bock vous rafraîchira.

— Vous ne pouvez pas si bien dire, je viens de faire les coteaux et avant de rebrousser chemin, j'ai préféré me réhydrater pour ne pas mourir de soif.

Puis, changeant de conversation, il demanda :

— Vous qui devez voir passer du monde, j'ai entendu parler d'un certain Anglade qui se louerait comme tâcheron dans les fermes. Étant seul sur mon exploitation, je cherche quelqu'un qui pourrait me prêter main-forte de temps à autre...

Au nom d'Anglade, les têtes se baissèrent, et d'énigmatiques sourires s'affichèrent sur plusieurs visages.

— Peut-être n'est-il pas très sérieux ou qu'il rechigne à la tâche ? continua Gahous à qui la réaction des gens n'avait pas échappé.

L'un des joueurs de cartes se tourna alors.

— Si on le connaît celui-là ? Je ne dirai pas qu'il a tous les défauts de la terre, mais presque...

Les autres clients présents, suivis du cafetier lui- même, opinèrent du bonnet. Tous y allèrent de leur commentaire. — Ah, ça ! vaillant il est, mais il lui faut du carburant... — Et puis, il paraît que chez lui... — Oui à la maison... les siens ne sont pas à la fête...

d'ailleurs... — D'ailleurs ? questionna Gahous. — Ce n'est pas un secret de dire que sa fille Claire a

pris la poudre d'escampette, il y a une

dizaine de jours.

— Et même qu'il est comme un fou. Elle reste introuvable... entre-nous, la petite a rudement bien fait...

— Bien fait... bien fait, à moins qu'elle se soit fichue à la rivière... la pauvre... ce salop devait lui en faire voir... on ne sait pas trop mais des bruits courent depuis longtemps... Diou biban ! quel malheur...

— Et la Clotilde, la mère, elle rase les murs et n'ouvre pas la bouche quand elle vient en ville, elle a bien trop peur de sa brute d'homme...

Gahous en savait assez, Claire ne lui avait pas menti...

Robic, le facteur, fit un grand signe de la main à Gahous qui était occupé à piéger des taupes à l'autre bout du champ.

— J'ai deux lettres pour toi, le Crédit Agricole et ton oncle de Reims, cria le facteur toujours aussi discret.

— Laisses-les sur la fenêtre, je les prendrai à mon retour...

Le facteur continua sa course... Arrivé à la ferme, il déposa comme convenu les deux plis sur le rebord de la fenêtre de cuisine et y plaça le galet qui servait de presse-papier.

Il remontait sur sa bicyclette, pour aller

saluer Amélie à la Touyade, quand il lui sembla qu'un des rideaux avait bougé.

Il savait qu'Amélie regagnait sa maison chaque matin pour ne revenir à la ferme Gahous que pour y passer la nuit. Le propriétaire étant aux champs, la maison était donc en principe vidée de ses occupants.

Il reprit la direction de la ferme Brêtes, mais un doute s'était installé sous sa casquette...

Au retour, il referait une escale pour vérifier. Un intrus n'aurait-il pas profité de l'absence des occupants pour venir fouiner...

Dans ce cas, il préviendrait Gahous. Ce dernier ne manquerait pas de chasser, manu militari, le voleur éventuel...

Se disant qu'il avait peut-être été victime de son imagination, il n'en toucha mot à Amélie.

L'œuf-ventrèche calé dans l'estomac, il reprit le chemin en sens inverse.

Arrivant chez Gahous, il laissa son vélo en retrait contre le mur côté pluie et courbé en deux, s'approcha, de la fenêtre incriminée. La première chose qui attira son attention fut la disparition des deux lettres qu'il avait laissées sur le

rebord. Des bruits de pas et de vaisselle lui

confirmèrent que la maison n'était pas vide comme on aurait pu le supposer. Il lança un regard furtif au travers du rideau.

Une silhouette féminine allait et venait à l'intérieur, alors que des odeurs de civet lui flattaient les narines.

Intrigué par ce qu'il venait de constater, il se retira, monta sur son vélo et reprit la route...

Une certitude lui vint à l'esprit : un voleur n'aurait jamais rentré le courrier. De plus, aurait-on déjà vu un malfaiteur, se lancer en cuisine dans la maison qu'il pille ?

C'était une certitude, une femme vivait chez Gahous et il se garderait bien de lui signaler quoique ce soit en repassant. Un peu de discrétion...

Il n'en fut pas de même pour les autres clients de la poste, comme chez la boulangère, par exemple, qu'il questionna, prêchant le faux pour savoir le vrai.

— As-tu entendu dire, Bertine, qu'il y avait une femme chez Gahous ?

— Bien sûr, mais comment ne savais-tu pas que la femme Brêtes, depuis la mort de ce pauvre Remi, venait dormir toutes les nuits, pour ne pas rester seule à la Touyade ?

— Je sais cela pour aller visiter la veuve chaque matin, mais je veux parler d'une autre femme...

— D'une autre femme dis-tu ? et quelle femme milou diables ?..

Le facteur, à chaque fois, prenait alors congé en arborant un air mystérieux à souhait.

Il savait qu'une question restée sans réponse était parfois plus efficace qu'une affirmation...

— Va savoir, je ne suis pas dans la confidence...

Le doute qu'il avait semé fit son chemin...

La nouvelle évidemment, fit le tour du village et des alentours.

La rumeur poussée par le vent de la curiosité finit même par tomber dans l'oreille d'Anglade, le père incestueux.

On lui rapporta qu'une inconnue était arrivée à Nupiac et qu'elle résidait chez Gahous " l'ex-cordonnier parisien"...

L'informateur lui précisa encore que s'il s'agissait de sa fille et que s'il comptait aller la récupérer, il ferait bien de prendre garde à numéroter ses abattis.

Il ajouta :

— Le Gahous et son mètre quatre-vingt-dix a tout d'un athlète et à ce qu'on dit et il n'est pas homme à se laisser faire...

Ce fut ainsi, qu'un soir au cours du dîner à la ferme Gahous, un terrible incident se produisit.

Amélie et Claire avaient avec méthode préparé un repas froid composé de tomates, piments doux, et œufs durs.

Le tout était soigneusement présenté sur un grand plat de terre, arrosé de vinaigrette et parsemé d'une persillade au basilic, hachée menue.

L'œuvre d'art attendait au centre de la table que cuillères et fourchettes viennent la mettre à mal, quand, venant du centre de la cour, une voix rauque et avinée se fit entendre.

— Gahous ! rends-moi ma fille !

Les trois convives sursautèrent.

Claire, n'eut aucun doute sur le ton autoritaire de l'interlocuteur. Prise d'affolement, elle courut dans la chambre d'Amélie et s'y enferma.

Gahous ouvrit la fenêtre.

L'homme qu'il aperçut était de taille moyenne, vêtu d'une salopette délavée qui avait été bleue, il portait un béret plié sur le front, à la manière des bergers.

Mais ce qui l'étonna davantage, c'était la présence du fusil que le forcené pointait sur lui.

— Passe ton chemin l'homme, je ne connais pas la fille dont tu parles, cria Gahous.

Il eut tout juste le temps de se mettre en

retrait quand l'homme ivre d'alcool et de haine le mit en joue avec son juxtaposé et tira sans sommation.

Deux carreaux d'un des battants de fenêtre furent pulvérisés sous le coup de feu.

Gahous tenta de raisonner le tireur fou.

— Tu es chez moi, tu sais ce qui t'attends si tu ne te calmes pas...

Pour toute réponse, le reste des vitres et le plateau de tomates volèrent eux aussi en éclats.

Gahous vit l'homme recharger nerveusement son fusil.

Il décrocha celui du père, passa courbé sous la fenêtre et attrapa dans le tiroir du buffet deux chevrotines qu'il glissa dans la culasse...

La voix de l'homme se fit plus proche.

Une nouvelle décharge de plombs cribla d'impacts les poutres du plafond.

Sous les yeux d'Amélie, horrifiée et recroquevillée près de la cheminée, des éclats de bois parsemèrent la table.

L'homme approchait toujours.

Gahous, pressentant le pire et sans réfléchir au risque qu'il courait, d'un saut se plaça au centre de la fenêtre grand ouverte. Avant que l'autre n'ait eu le temps de réagir, il pressa la détente et tira un seul coup, droit devant lui.

L'homme mortellement touché en pleine poitrine s'écroula.

Gahous, resta un moment comme paralysé par son geste. Il fixait le corps inerte du forcené qu'il venait d'exécuter, puis calmement il se tourna vers Amélie.

— C'est fini... dit-il laconiquement. Claire réapparut dans la pièce. Elle sortit et les poings serrés, s'approcha du cadavre. Elle fixa son père étendu sur le sol. Son regard était sec et sans l'ombre d'un regret. Gahous s'approcha. — Je n'ai pu faire autrement, pardonne-moi, c'était lui ou nous... — Il n'y a rien à dire, vous avez fait pour le mieux et ce salop n'a eu que ce qu'il méritait. — C'était tout de même ton père... — Non ces hommes-là sont pires que des bêtes. Il a été mon géniteur, tout au plus. Il n'a semé que du malheur autour de lui. Il m'a salie et cette souillure-là ne se lave pas au savon de Marseille...

— Il faut que j'aille voir François, que je lui explique. Ensuite il fera son devoir d'élu... Ne touchez à rien durant mon absence, seuls les gendarmes seront autorisés...

Les deux femmes restèrent à l'intérieur, décontenancées.

L'anxiété se lisait sur leur visage.

Qu'allait-il advenir de Gahous. Allait-on l'emprisonner comme un vulgaire assassin, alors qu'il les avait, au péril de sa vie, sauvées d'un carnage ?

Le tic-tac mécanique de la pendule comtoise s'égrainait et raisonnait comme des coups de gong, dans le silence trop profond de l'angoisse.

À la mairie, Gahous relata à son ami le déroulement de la scène macabre dans ses moindres détails.

— Je ne vois pas ce qu'il y avait d'autre à faire... Quand les paroles deviennent inutiles devant la démence... Rentre chez toi, dit le maire, rassure les femmes et prépares toi à l'enquête qui, inévitablement va suivre... Quant à moi, tu le sais, je ferai tout ce qui est en mon pouvoir pour t'aider...

Ce soir-là, Gahous en rentrant à la ferme, aperçut dans la pénombre, perchée sur la cheminée principale, la hulotte, penaude la tête enfoncée dans ses épaules de chouette. Sa présence silencieuse ne témoignait-elle pas de son embarras pour ne pas avoir su prévoir ce dernier et terrible événement ?

Il passa près du corps encore gisant et se posa la question :

« Que comprennent les oiseaux à la folie des hommes ? »

Aucune réponse ne vint à son esprit.

La Juvaquatre bleue de la gendarmerie d'Aignan fit son entrée dans la cour vers 11 h. du soir, suivie de celle du maire.

Le capitaine Abadia et ses deux gendarmes de service s'approchèrent et éclairèrent le cadavre à l'aide de leurs lampes torche. Après un long conciliabule, le gradé flanqué d'un des deux subalternes et de François Jusanx, continuèrent leur chemin pour pénétrer dans la cuisine où attendaient Gahous et les deux femmes.

Ces dernières étaient en pleurs.

Déjà informé par le maire, le capitaine Abadia s'adressa à Gahous.

— Vous êtes bien Monsieur Louis Gahous, propriétaire de cette maison, fils de Joseph et Julienne Gahous ? demanda-t-il.

— C'est cela capitaine.

— Vous reconnaissez avoir abattu d'un seul coup de fusil monsieur Alphonse Anglade après une altercation dont il était à l'origine ?

— Oui, Monsieur, il est arrivé comme un fou... Claire se leva d'un bond. — Et moi je suis la fille de ce fou, lança-t-elle. Si Monsieur Gahous n'était pas intervenu, nous ne serions plus de ce monde...

D'un signe de la main, l'homme de loi

interrompit son élan.

— Bien jeune fille, vous aurez l'occasion d'expliquer tout cela au juge...

S'en suivit un long interrogatoire que le gendarme Perchicot, installé à la table avec plume et encrier, se chargea de mettre violet sur blanc...

Chacun expliqua l'arrivée fracassante de l'agresseur, ses tirs sans sommation, les vitres, le plafond, la peur et enfin la réaction de Gahous qui mit un terme définitif à ce qui aurait pu être plus dramatique encore...

Après avoir enregistré, à titre de premiers témoins, les noms et adresses des deux femmes, le capitaine se rendit à la fenêtre.

— C'est bon pour les mesures, Sourbé ?

— Oui mon capitaine, je rentre pour les constatations à l'intérieur...

Les trois gendarmes se mirent alors en devoir de relever tout ce qui résultait des trois déflagrations tirées par le forcené. Ils saisirent armes et cartouches vides. Puis s'adressant à Gahous, le capitaine prononça, menottes en mains, la pire des phrases que tous redoutaient :

— Monsieur Louis Gahous, vous êtes en état d'arrestation, vous allez devoir nous suivre.

François, le maire, intervint :

— Mon capitaine, épargnez lui s'il vous plait les menottes, je me porte garant de cet homme qui, comme je vous l'ai dit, est une personne honnête qui n'a fait que son devoir.

Le capitaine hésita un court instant puis, hochant la tête, accepta de faire cette légère entorse au règlement.

— Comme vous voudrez, Monsieur le Maire...

Puis, observant leur détresse, il se tourna vers les deux femmes.

— Cette affaire me semble être le type même de la légitime défense. Sans vouloir me substituer à la justice, je pense que le procès sera rapidement diligenté...

Il s'adressa alors au maire, pour lui indiquer que son enquête était terminée et qu'il ferait enlever le corps par les services de police. Ceux-ci se chargeraient de le conserver au cas où le juge demanderait une autopsie.

Une prise de sang immédiate serait pratiquée par le médecin légiste afin de confirmer officiellement l'état d'ébriété de la victime.

Il ajouta, mi-figue mi-raisin, qu'étant donnée la forte odeur d'alcool que le corps dégageait, ce dernier point ne ferait aucun doute...

Gahous fut placé en garde-à-vue et écroué pour meurtre sans préméditation et en état de légitime défense.

Le procès aurait pu être vite expédié.

L'homme était déjà bien connu des services de police pour des faits d'agression et brutalité.

Mais quand Claire témoigna en faveur de Gahous, expliquant les sévices dont elle avait été la victime, sa mère Clothilde, craignant de se voir inculpée pour complicité, jura par ses grands Dieux que sa fille racontait des histoires...

Perdant tout contrôle, elle affirma même, au risque de se ridiculiser, que son homme ne buvait pas une goutte d'alcool et que tout ce qu'on lui reprochait n'était que pure invention.

D'après elle, sa fille était folle. Ses accusations envers son père n'étaient que le fruit de son imagination. Son homme était bon père de famille, travailleur et ne pensait qu'au bonheur des siens.

Le président du tribunal, la tête appuyée sur sa main, sembla écouter la femme Anglade sans beaucoup de conviction...

Le tribunal constata que les faits d'inceste étaient une affaire dans l'affaire.

Le président demanda à Claire si elle désirait porter plainte contre sa mère.

Cette dernière éventualité ferait alors l'objet d'un nouveau procès...

Claire n'avait pas souhaité mettre sa mère en cause. Si cette dernière avait fait preuve de faiblesse durant

toutes ces années, c'était sous la pression de son horrible mari qui lui promettait les pires tortures au cas où elle viendrait à parler...

La jeune fille estimait aussi que la mort de l'homme qui réussissait tant bien que mal à faire vivre sa mère, serait une punition suffisante.

En effet, elle resterait dorénavant sans ressources et se verrait obligée de faire des ménages chez ceux qui voudraient bien lui pardonner son trop lourd silence...

Aussi ne désirant pas en rajouter, Claire déclina la demande du juge.

Ce dernier ne manqua pas de faire remarquer à la cour que cette décision de clémence de la part de la jeune femme était tout à son honneur...

Ce fut après de longues minutes, dans l'attente de la délibération de la cour, que le verdict tomba.

La cour, sous la voix du président, prononça au grand soulagement de tous, l'acquittement « de monsieur Louis Gahous qui avait agi sous légitime défense et sans préméditation. »

Les personnes présentes, Robic en premier, tous acquis à sa cause, applaudirent avec force les représentants du tribunal.

Claire et Amélie, tombèrent dans les bras de leur sauveur en versant des larmes, cette fois, de joie...

Une femme, subitement vieillie, marquée par une profonde détresse, incapable de la moindre réaction, fixa la scène un instant, puis, tête basse, pas hésitant, se faufila dans la foule. La mère indigne disparut, anonyme, sans que personne n'y prêtât la moindre attention...

La nuit offrait une tiédeur parfumée de fin d'été. Une légère brise pas encore rafraîchie par la rosée tardive caressait les visages. Assis sur le rebord de l'abreuvoir de pierre qui trônait au centre de la cour, Gahous et les deux femmes, en silence, contemplaient les étoiles.

Un calme bienfaisant était revenu. La vie pouvait reprendre son rythme.

On vivait le temps présent en espérant qu'il s'éternise. Gahous était là, revenu de l'enfer, lavé de toute condamnation.

Le reste ne comptait plus, demain, il ferait jour... Une ombre surgit dans le ciel. Surprise, elle se mit en vol stationnaire au-dessus du

trio, puis dérangée par cette présence inhabituelle, fit volte face et remit à plus tard sa partie de chasse nocturne...
— Allons souper, dit Gahous...

Cette fois, l'automne s'était bien installé.
La chlorophylle, lasse de distribuer ses parures aux couleurs de rainette, s'était diluée dans la nature, laissant bois et forêts comme désemparés.
Les feuillages, devant ce lâche abandon, avaient troqué leur ardeur verdoyante pour un mélancolique camaïeu de teintes brunes.
Un peu plus tard, choisissant de déshabiller l'un pour habiller l'autre, les feuilles décrépites par la diète avaient d'un commun accord quitté les cimes frileuses pour se répandre au sol.
Les pluies d'arrière-saison, accompagnées de la brume tenace des petits matins, avaient rendu l'épais tapis humide et spongieux.
Alors que les ramures dénudées s'endormaient pour l'hiver, leur couverture végétale qui les avait abandonnées s'employait en silence à régénérer l'humus indispensable à leur propre survie.
Le ciel s'était animé d'immenses volées parfois silencieuses, parfois ponctuées de

cris stridents.

Des grues au vols méthodiquement formés en d'immenses pointes de javelots étaient passées. Elles avaient bruyamment survolé campagnes et montagne pour croiser vers le Sud retrouver un autre été.

Les hirondelles, quant à elles, telles des pinces alignées sur des cordes à linge, s'étaient rassemblées. Dans un mystérieux élan commun, elles s'étaient élancées, elles aussi, vers des pays aux atmosphères grouillantes d'insectes protéinés.

Les grillons et leurs cousines sauterelles, comme leurs prédateurs, reptiles et batraciens, avaient regagné leurs pénates, sens en sommeil et membres engourdis. Murailles et caillasses, habituellement animées du grouillement incessant des lézards dissipés, semblaient, de même que leurs hôtes estivaux, frappées d'hibernation. En compagnie d'orvets et autres couleuvres, les minuscules sauriens à queues de verre avaient rallié eux aussi leurs sombres refuges hivernaux.

Le soleil lui-même abandonnait les hommes.

Devenu soudainement timide, il avait baissé les bras devant la "menteuse".

Celle-ci, profitant de l'aubaine, tentait désespérément, la nuit, de remplacer l'astre solaire, mais elle ne réussissait qu'à pâlir la campagne de sa lueur blafarde...

Les premières gelées viendraient bientôt poser leur manteau de cristal sur tout ce monde de diversité afin d'en ralentir l'ardeur végétative.

La nature s'octroierait alors quelques mois de répit pour reprendre, aux beaux jours et avec frénésie, la résurrection chlorophyllienne tant attendue...

Tandis que leur progéniture volait maintenant de ses propres ailes, le couple hulotte, en parents prévoyants, s'était déjà lancé dans des travaux de rénovation du logis de vieux chêne déserté par les jeunes.

La Mounette, préférant les genoux d'Amélie et la chaleur du foyer aux piliers du portail, fief estival devenu trop exposé au froid, se faisait plus présente.

Bien que les hivers en Gascogne soient souvent exempts de périodes de grand froid Gahous s'affairait à protéger les plantes à risque.

Comme il se plaisait à dire :

— Quand l'ours polaire tousse vers le Sud, le gascon s'enrhume !

En effet, il était soit-disant arrivé par le passé, que le souffle de l'animal sibérien, pour une simple nuit passée à visiter la région, réduise à l'état de salade cuite toutes les plantes gélives soumises au glacial courant d'air.

On racontait qu'au matin, les imprudents qui découvraient les dégâts causés par le souffle du bourru plantigrade n'en finissaient plus de se mordre les doigts...

À la ferme, Amélie se demandait bien pourquoi, depuis quelque temps, Claire traînait derrière elle une si grande tristesse.

Gahous lui avait dit et redit que rien ne pressait, qu'elle était sous sa protection et que, dans l'attente d'une autre solution, son hospitalité ne serait jamais remise en question.

La jeune femme semblait pourtant préoccupée.

Elle allait et venait en silence, souriant du bout des lèvres là où, auparavant, elle riait de bon cœur.

Immobile, elle restait de longs moments à fixer au travers des carreaux les images qui défilaient dans sa tête...

Il fallait à la vieille femme l'appeler à plusieurs reprises pour la faire sursauter et sortir de ses sombres pensées.

Cette attitude étrange n'avait pas vraiment effleuré Gahous, trop occupé à l'extérieur.

Pourtant, quand Amélie lui en parla, il ne sembla pas surpris.

— Maintenant que tu me dis cela, je pense

que tu as sans doute raison. Peut-être que son passé, en cette saison parfois maussade, lui revient en mémoire. Mais tu sais mieux que moi les choses qui cheminent sous le crâne d'une femme, essaie de lui parler, moi je n'aurais pas la manière...

Claire venait de mettre la table quand Amélie prit la décision de la questionner avant l'arrivée de Gahous.

Elle piqua les deux aiguilles de son interminable tricot dans la pelote de laine. À l'aide des brins restés en suspension, elle en saucissonna l'embryon de châle commencé en début d'été.

Ses yeux aux iris fanés par l'âge l'obligeaient à s'appliquer maille après maille.

Ses mains déformées ne lui permettaient que des mouvements hésitants et saccadés en remplacement de ceux, vifs et mécaniques, de sa jeunesse.

Aussi son ouvrage se prolongeait dans le temps.

— Si je n'en vois pas la fin avant l'hiver, disait-elle animée d'un certain optimisme, je l'aurai bien terminé pour le suivant...

L'important était de s'occuper en oubliant la pendule.

Elle se tourna vers Claire.

— Lorsque la longue addition des ans a apporté tous les enseignements de la vie, rien n'échappe à celle qui en a bénéficié... Je vois bien, petite, que tu es malheureuse depuis quelque temps. Des choses tristes tournent dans ta tête et il faudrait bien que tu en parles.

Claire d'abord surprise par cette question aussi directe, marqua un temps de réflexion puis, à voix basse, elle avoua :

— J'ai peur, voilà tout... — Et peur de quoi grand Dieu, tu n'es pas bien ici ? — C'est pour après que j'ai peur, je n'ai plus de famille, ma mère me renie, malgré cela je pense à elle, comment fait-elle pour vivre, je n'ose pas aller la voir de peur qu'elle me chasse, quelle solution s'offre à moi ?

— Il y a toujours un confetti de bleu qui pointe son nez dans un ciel tourmenté. Tu es jeune et jolie. Tu ne manques pas de qualité, un jour viendra ou tu trouveras un homme ou autre chose qui t'apportera le bonheur.

— Les hommes, je n'y pense plus, j'ai été souillée, qui voudrait de moi maintenant ?

— Il faut laisser faire le temps... Une tache sur un corsage ne s'efface pas toujours au premier essai, il faut multiplier les lavages, puis un jour au sortir de la lessiveuse, la surprise est là, la salissure a disparu...

Au silence et à la mine réservée des deux femmes, Gahous, en revenant de rentrer les bêtes, comprit qu'elles s'étaient parlé.

— Y aurait-il des choses que je ne dois pas savoir dans cette maison ? dit-il. Si c'est un secret de femmes, je ne veux rien entendre.

— Rien de secret, répondit Amélie en regardant Claire intimidée. L'automne apporte mélancolie et idées sombres, notre pauvrette n'y échappe pas. Il est vrai qu'en ce qui concerne les tracas, elle n'a pas été épargnée ces temps-ci.

Gahous d'un ton assuré tenta d'apporter son soutien à la jeune fille.

— Qui a déjà vu un nuage charger de soucis se tenir immobile dans le ciel de la vie ? Il faut parler, chercher des solutions, en somme il faut lui tordre le cou pour qu'il passe son chemin. Si tu en as envie, explique ce qui t'attriste et à nous trois, Diou biban ! nous arriverons bien à lui faire son affaire à ce maudit gêneur.

Pour Claire, Gahous "le sauveur" ne pouvait se tromper. Il était grand, fort, rassurant et bon, mais il l'impressionnait tellement qu'elle n'avait jamais osé lui parler d'égale à égal.

Il était le maître de la maison, celui qui commandait comme le faisait son père mais à la différence que Gahous lui, était respectueux des gens.

— Ce n'est rien, Monsieur Gahous, rien du tout...

— Allons petite, dit Amélie, pourquoi as-tu peur de dire ce qui te tracasse, tu me l'as bien dit à moi. Personne ici ne va te manger, je l'ai connu ce grand gaillard quand il avait ton âge et même bien avant et parole de vieille femme, il a toujours mérité estime et confiance de tous.

— Laisse ma bonne Amélie, Claire fera ce qu'elle désire, nous ne sommes pas au commissariat pour l'interroger ainsi. Je préfère la voir manger d'un bon appétit... et puis qui sait, un estomac rassasié délie souvent la langue... à moins qu'elle n'en ait plus...

Claire esquissa un sourire.

— À la bonne heure voilà déjà un signe. Tu vas voir ma bonne Amélie, après la crème que j'aperçois sur le bout de la cuisinière, nous aurons assurément droit à en savoir un peu plus. Prends ton temps jeune fille. Seul celui qui doit attraper son train est pressé.

Afin de palier à la fraîcheur des soirées, Amélie avait préparé sa spécialité pour le dessert. Celle-ci consistait en une savoureuse bouillie, au lait et cacao, copieusement additionnée de miel.

Dans les bols du matin, maintenus au chaud durant le repas, chacun noyait dans l'onctueux mélange, vanillé de surcroît, des morceaux de miche préalablement coupés en courtes mouillettes. On les récupérait ensuite, enrobées de chocolat, à grands coups de cuillère à soupe.

Se nourrir donne du courage, Claire soudainement devenue plus bavarde s'expliqua.

— Je suis une étrangère ici, il faudra bien que je parte faire ma vie ailleurs, mais je n'ai plus de famille et comme je l'ai dit à Amélie ma mère ne voudra plus me voir. Malgré ce qu'elle a fait, je n'arrive pas à la rejeter. C'est une pauvre femme qui va maintenant vivre de remords... Je pense souvent que je n'ai pas d'avenir dans ce pays qui est pourtant le mien. Il faudrait que je trouve à travailler dans une ville où personne ne me connaît.

Gahous l'avait écouté avec attention.

— Voilà au moins une explication à ta morosité. Je comprends ce que tu ressens mais si tu veux bien me permettre, je pense que la première des choses importantes à entreprendre serait de faire la paix avec ta mère. Qui ne tente rien...

— J'ai tellement peur de sa réaction et aussi

de revenir dans ce qui fut pendant tant d'années le théâtre de mon calvaire.

Amélie écoutait en débarrassant la table.

— Laisse moi faire, dit-elle, puisque tu as enfin décidé de parler tu as des choses plus importantes à faire que de laver trois assiettes...

Gahous poursuivit :

— Demain, prends le car et va voir ta mère. Parles- lui... si elle ne veut pas t'entendre nous aviserons...

Il glissa quelques billets sortis de sa poche.

— Prends cela, pour le trajet et pour ce que tu voudras en cas de besoin.

Lorsque Gahous rentra le soir, il trouva un billet et quelques pièces de monnaie posés sur la table.

— C'est ce qui reste, merci encore, dit Claire.

— Ce n'était pas très urgent, mais raconte plutôt ce qui s'est passé chez toi.

— Rien, enfin... presque. Ma mère était occupée à étendre un peu de linge. « Ah ! c'est toi. » m'a-t-elle dit comme si rien ne s'était passé. Elle m'a annoncé qu'elle faisait des ménages, qu'elle se débrouillait... Mais jamais elle ne m'a proposé que je revienne à la maison. Nous sommes devenues deux étrangères, j'ai senti que je n'étais plus sa fille. Elle baissait

constamment la tête, fixait le sol et
semblait n'avoir qu'une hâte, c'était de me
voir tourner les talons...

— Et toi qu'as-tu fait, demanda Amélie.

— Que pouvais-je faire ? Je suis partie le
cœur gros, répondit Claire, un sanglot dans
la voix.

— Il faudra du temps et de la patience, dit
Gahous. Puis marquant un instant de
réflexion, il poursuivit. — J'avais envisagé
cette réaction de ta mère, aussi
ai-je pensé à te faire une proposition. —
Vous avez déjà fait beaucoup pour moi, je
vous
suis tellement redevable... — Il ne s'agit pas
d'un cadeau mais plutôt d'un
marché à conclure entre toi et moi. Depuis
que tu es entrée dans cette maison tu as
bouleversé mes habitudes
d'homme seul et veuf. Tu fais avec
beaucoup de bonne volonté lessives,
repassage, ménage et autres travaux
domestiques. Je me sens libéré de ce qui
représente pour moi des pertes de temps.
Elles étaient préjudiciables aux autres
obligations que nécessite la bonne marche
d'une exploitation.

Amélie avait arrêté de tricoter, elle ne disait
mot. Elle savait que Gahous ne laisserait
pas sa protégée s'expatrier vers un univers

trop incertain. Pendue aux lèvres de son ami, elle attendait avec curiosité la proposition de ce dernier.

— Si tu le désires je t'offre de devenir, en quelque sorte, l'intendante de cette maison. Tu t'occuperais des travaux ménagers, de la cuisine mais aussi des comptes pour ce qui est des emplettes courantes, pour lesquelles, nous conviendrions d'un budget mensuel.

Gahous, avait assez de fortune pour ne plus être à un sou près mais n'ayant aucune certitude sur la façon dont Claire savait gérer un budget. Il choisit de la mettre ainsi à l'épreuve...

Il continua de développer son offre.

— Bien entendu, je te verserai des gages afin de te permettre de récolter le fruit de ton travail qui ne sera pas toujours de toute commodité. Il va sans dire que tu seras logée et nourrie.

Sur un ton plus pince-sans-rire, il ajouta :

— En outre, précision importante : tu auras dans tes attributions la lourde tâche de me supporter...

Claire avait écouté religieusement la proposition de Gahous.

Comment ne pas accepter l'offre de cet homme, pour lequel elle avait une si haute estime ?

— Je... ne vous remercierai jamais assez...
c'est inespéré... c'est un rêve... je vous le
promets... jamais vous n'aurez à vous
plaindre de moi...

— Je me souviendrai de cette affirmation,
lança Gahous en ponctuant de sa main, un
geste d'avertissement... Ah ! aussi...
j'oubliais, tu devras également faire
l'immense sacrifice, d'accompagner notre
bonne Amélie dans ses allées et venues
entre nos maisons et de la chouchouter
comme le mérite son grand âge...

La vieille femme, radieuse, acquiesça de la
tête en reprenant son tricot.

Robic avait l'habitude...

Lorsqu'il laissait le courrier, Claire lui
adressait rarement la parole. Il savait que la
jeune femme ne le portait pas dans son
cœur. N'avait-il pas été la source de ses
ennuis en colportant à qui avait voulu
l'entendre qu'elle se cachait à la ferme
Gahous ?

C'était à cause de sa curiosité maladive et
de ses commérages que son père avait
réussi à la localiser, d'où le drame qui s'en
suivit...

Pourtant, ce matin-là à sa grande surprise,
elle lui parut plus conciliante.

Il s'apprêtait à déposer La Dépêche du Midi
sur le rebord de la fenêtre quand celle-ci

s'ouvrit. Claire modérément souriante, daigna lui adresser la parole.

— Bonjour facteur, toujours ponctuel je vois...

— Bien le bonjour Mademoiselle Claire, les postiers sont consciencieux et je vous remercie de votre compliment, ce n'est pas tous les jours... heu... je veux dire qu'il n'est pas très courant... que les gens...

Puis ne pouvant s'empêcher d'en apprendre un peu plus il demanda :

— Alors vous voilà au service de notre brave Gahous à ce qu'il parait ? Vous ne pouviez mieux tomber, c'est un homme honnête et travailleur.

Puis baissant la voix,

— Soit dit entre-nous... bon nombre de filles célibataires lui ont fait les doux yeux quand il a perdu sa pauvre Adrienne... une bien belle femme... quel malheur... certains pensaient que son si lourd chagrin l'avait rendu de marbre, alors les autres femmes, vous savez...

Claire laissait parler son interlocuteur. Elle avait une idée qui trottait dans sa tête depuis quelques jours. Elle avait décidé de se servir du préposé trop bavard. Elle savait qu'il suffisait de placer judicieusement dans l'oreille du facteur une information habilement formulée pour que tout le

canton en soit informé dans les trois jours.
D'un air désinvolte, elle déclara :
— Je ne suis ici que pour une courte
période de transition en attendant que ma
mère se porte mieux. Depuis la mort de son
mari et le procès qui a suivi, elle dit avoir
besoin de solitude pendant quelque temps.
— Mais vous n'êtes pas en froid, après les
accusations mensongères qu'elle a portées
contre vous ? J'étais au procès, savez-vous
? Je n'ai rien manqué...
— Pas que je sache répondit Claire, j'ai tout
pardonné, c'était la peur d'être accusée elle-
même qui lui avait fait perdre la tête, elle
n'a été qu'une victime elle aussi et je ne
peux la tenir responsable de quoi que ce
soit.
Pour Claire, le message ne pouvait être en
meilleures mains qu'entre celles expertes
d'un facteur habitué à redistribuer courrier
et bavardages !
Ce qu'elle n'avait pas osé dire à sa mère,
lors de sa visite, le serait par d'autres et
n'en aurait sans doute que davantage de
poids.
« On entend moins les avis de ses proches
que ceux qui sont émis par des étrangers,
même s'ils sont de même nature », Pensait-
elle.
La première personne à apprendre la

nouvelle ne fut pas la cible visée par Claire . Gahous croisa Léon Feugas déjà informé par le facteur. Comme s'il s'agissait d'une coïncidence, il traversa le chemin et feignant l'étonnement, en quelque sorte prêcha le faux pour savoir le vrai.

— Boudiou ! Gahous, il paraît que ta jeune protégée pense déjà quitter ta ferme pour rejoindre sa mère à ce que l'on dit. Tout de même les gens sont d'une ingratitude...

Le soir, Gahous rentra contrarié. Il aperçut, derrière la grange, Claire qui rentrait les poules.

Il poussa la porte de la cuisine et s'adressa à Amélie.

— Tu es au courant pour Claire ? — Au courant de quoi ? — Qu'elle doit nous quitter pour rejoindre sa mère. — Je n'y crois pas une seconde, ou alors cette petite cache bien son jeu. Voilà à peine deux jours qu'elle m'a dit le contraire. Certes, comme tu lui as toi-même conseillé, elle voudrait se rabibocher avec sa maman et lui venir en aide, mais il n'était plus question de rentrer chez elle.

La porte s'ouvrit, laissant s'engouffrer une bouffée d'air glacial.

— Brrr ! J'ai des frissons dans le dos, il va neiger dit Claire sur un ton enjoué. J'adore la neige... pas vous ?

— Elle est aussi belle quand elle tombe, qu'elle est laide lorsque arrive la fonte, dit Amélie.

— C'est comme les amis, lança Gahous, ils sont aussi appréciés quand ils sont sincères, qu'ils sont méprisables lorsqu'ils vous abandonnent.

— C'est juste, mais quel rapport avec la neige ? demanda Claire tout sourire.

— La neige ne trompe personne, quand elle annonce qu'elle est blanche et glaciale, elle est blanche et glaciale... mais voilà que j'apprends que tu veux nous quitter ?

La jeune femme, étonnée, fronça les sourcils, puis comprenant la méprise elle partit d'un grand éclat de rire.

— Ah, je vois c'est Robic... — Non c'est Gaston. — Gaston, Robic, Robic ou Gaston, c'est bonnet

blanc et... blanche neige, lança t-elle. Vous n'avez pas cru

ces médisants ? Je suis trop bien parmi vous pour vouloir vous quitter.

Elle expliqua sa conversation avec le facteur, son plan pour convaincre sa mère de se rapprocher d'elle.

— J'ai pensé qu'en bourrant le crâne de ce bavard de facteur, il arriverait tôt ou tard aux oreilles de ma mère que je lui ai pardonné et que je ne lui en veux d'aucune manière. Ainsi sera-t-elle mieux disposée à mon égard si je retourne la voir. On écoute parfois plus les étrangers que ses propres enfants...

— Voilà qui me rassure... mais une prochaine fois, il serait utile que tu nous mettes dans la confidence afin d'éviter les malentendus. Bien, ceci étant dit, il me reste à te souhaiter que ton idée porte ses fruits.

Comme rassuré, Gahous, lança :

— Puisque tu annonces la neige, approche donc la soupière pour que l'on se réchauffe. La hulotte est venue cette nuit, tu pourrais bien dire vrai...

Ladite hulotte avait pris place sur son poste d'observation préféré. Perchée sur la cheminée encore tiède elle pouvait, telle une girouette, diriger son regard perçant en direction des quatre points cardinaux. Quelque chose de léger et de froid atterri sur son bec. Elle secoua vivement la tête. La chose fut suivie d'une autre, puis d'une autre encore.

Claire avait vu juste, la première neige faisait son apparition.

Maintenant elle tombait en flocons serrés. Bientôt le cartel des souris, mulots ou musaraignes, principal source de nourriture de la chouette, serait inaccessible.

La famille des rongeurs réserverait son activité à grignoter quelques réserves stockées dans ses galeries souterraines.

Certains téméraires tenteraient une escapade sous la couette immaculée venue du ciel mais protégés par cette dernière, ils ne risqueraient pas de finir dans les serres des prédateurs nocturnes.

La hulotte et les siens devaient se rendre à l'évidence : il faudrait jeûner !

Claire se leva d'un bond. Le froid qui la saisit ne fut pas qu'une impression.

Elle ouvrit la fenêtre de la mansarde et en poussa les volets.

Dans le jour naissant, la campagne habituelle avait disparu.

À sa place, un autre pays s'offrait à ses yeux, sans comparaison évidente avec celui qu'elle connaissait. Mais à y bien regarder, c'était sa photo en négatif...

La neige avait effacé tout relief. Seuls les toits flous entourant au loin le clocher du village et quelques bois givrés contrastaient avec l'uniformité de la campagne enneigée.

Elle s'empressa de descendre allumer la cuisinière et de mettre la bouilloire ventrue à chauffer pour le café. Avant de s'engouffrer dans la salle de bains, elle s'écria :

— Il a neigé cette nuit ! je vous l'avais bien dit, la campagne est magnifique.

Gahous ne l'entendit pas. Il était déjà sorti pour soigner les bêtes.

En attendant Amélie s'affaira à mettre les tranches de miche à griller à même les ronds de la cuisinière ronflante.

Peu après, alors que Gahous tartinait des rillettes d'oie avant d'avaler son café au lait brûlant, les deux femmes tentaient vainement, à coups de langue, de récupérer le beurre fondu qui traversait la mie encore chaude de leurs tartines.

Malgré la désapprobation des deux autres, Amélie insista pour se rendre chez elle selon son habitude, accompagnée de Claire. Les deux femmes, chaussées de bottes dégottées au grenier, trop grandes pour l'une et fort serrées pour l'autre, bras dessus, bras dessous, prirent le chemin de la Touyade.

Quelques minuscules flocons virevoltaient encore avec mollesse.

La couche vierge d'empreintes faisait bien cinq centimètres.

— Quel dommage, dit Claire, d'abîmer un si beau tapis.

— Si le soleil pointe son nez sur le coup de midi, ton beau tapis aura fort à faire pour subsister, rétorqua celle qui était devenue son amie et de plus sa protégée.

La vieille femme n'avait pas eu tort.

L'après-midi, le temps s'éclaircit et aidé du vent d'Espagne, il mit à mal la couche neigeuse en la transformant en une belle gadoue argileuse.

Amélie avait demandé à Claire de venir la rechercher vers quinze heures.

Elle tenait absolument à aider pour la soirée de dépouillage qui cette fois se tenait chez Gahous. La coutume voulait que chacun à leur tour, les producteurs de maïs se rassemblent chez les uns et les autres pour procéder au dépouillage des épis.

Après avoir poussé la table, on installa devant la cheminée, forcée pour l'occasion, une dizaine de chaises et tabourets de bois. Un vieux drap étendu au sol servirait de réceptacle pour les fanes. Des baquets recueilleraient quant à eux les épis dorés débarrassés de leur robe végétale.

Amélie attrapa la marmite habituellement destinée à la soupe pour y préparer le vin chaud. Après l'avoir remplie de quelques bouteilles, elle l'additionna de sucre et de cannelle. Le tout serait pendu à la crémaillère au dernier moment.

Ces réunions étaient toujours l'objet d'histoires légendaires et d'anecdotes locales récurrentes. Cette fois pourtant, deux faits nouveaux étaient venus s'ajouter à la liste :

Le mystère de la météorite et le drame Anglade.

Comme on peut l'imaginer, le second fut gommé pour l'occasion. Par contre le souvenir de la "Chose" qui serait tombée du ciel anima la soirée.

Mais qu'était donc devenu ce caillou que certains disaient gros comme une citrouille de concours et d'autres de la taille d'un œuf de poule ?

Et cette explosion qui avait suivi, Diou biban ! on n'avait pas rêvé !

En fait, la plupart s'en remettaient à l'affirmation d'Antoine Saubadu l'instituteur. Il était fort respecté pour son érudition en matière de sciences de l'espace.

Selon lui la déflagration était due à l'onde de choc résultant de la vélocité du bolide ayant dépassé la vitesse du son. Cette onde et elle seule, aurait produit l'explosion entendue de tous lors de son contact avec le sol de la planète.

Il affirmait également que l'objet céleste n'avait peut- être fait qu'effleurer la terre pour poursuivre sa route vers des immensités inconnues.

Claire ébahie, écoutait avec grand intérêt

ces explications qui l'impressionnaient avec tous les mystères qui les entouraient.

— Et toi, Gahous, tu ne dis rien, qu'en penses-tu ? demanda Bernadette Feugas qui avait accompagné son mari.

— Ce que j'en pense, c'est que quand on ne sait rien et que l'on a rien trouvé, il n'y a rien à en dire.

- 98 -192

98

— Voilà qui est logique, approuva Hourcadet, dit "Tubercule". (sobriquet dont il était affublé en raison de sa deuxième spécialité en dehors de la culture du maïs : celle des pommes de terre.)

Les conversations allaient bon train et les rires fusaient sous les blagues.

Afin de réchauffer les participants dont les pommettes commençaient pourtant à rosir, Claire remplissait, à coups de louche de vin brûlant, les verres à moutarde.

Soudain, une petite voix tremblotante entonna "Le temps des cerises".

C'était cette bonne Amélie, habituellement ne buvant que de l'eau, qui dévoilait inconsciemment à l'assistance qu'elle pouvait avoir elle aussi, le vin gai...

Au terme de son chant repris en chœur, elle se tourna vers la chaise vide placée près d'elle en hommage à son pauvre Rémi dernièrement disparu.

— Tu te souviens, mon bon Rémi comme il était beau le temps des cerises...

Un grand silence chargé de compassion suivit...

Claire se leva, approcha à l'aide de la pelle à cendres le galet brûlant placé près des braises, l'enroula, en guise de bouillotte, dans un torchon et entraîna avec douceur, la vieille femme vers sa chambre.

- 99 -192

99

X

La hulotte avait entendu le chant des humains, le soir du dépouillage.

Elle, qui se manifestait en n'émettant qu'une unique note, brève pour la femelle et plus modulée pour le mâle, fut effarouchée par le vacarme qui venait de la maison.

Pourquoi l'homme se compliquait-il ainsi à torturer son organe vocal par l'usage d'un solfège truffé de "ré-mi- sol-la-si", d'ut de contre-ut, et autres dièses bien inutiles.

En outre, il lui sembla que quelques sons discordants s'étaient glissés dans cette tonitruante salade musicale. Ce qu'il fallait bien appeler des canards en ajoutaient à ce qui, à ses oreilles de chouette, était déjà insupportable.

Elle décida alors de laisser les hommes à leurs ridicules et complexes hululements. Marquant sa désapprobation par un "Kiek !" perçant, elle regagna la douce quiétude de son logis sylvestre.

Des semaines passèrent.

Déjà l'atmosphère s'était radoucie. Les primevères et violettes des prés tapissaient de leurs teintes opposées les talus et bords des chemins. Encore quelques journées de soleil et la terre serait fin prête pour les travaux des champs.

- 100 -192

100

Les deux femmes avaient remarqué que depuis quelque temps, Gahous s'absentait sans donner d'explications.

Cette attitude n'était pas dans ses manières. Auparavant, bien qu'il n'y soit pas obligé, il ne manquait jamais d'annoncer :

« Claire je fais un saut chez Gaston », ou « Je vais à la mairie... »

Un soir, pendant le repas, ce fut sur un ton emprunté qu'il dit avoir une importante nouvelle à révéler. Avec une certaine retenue, il prit la parole :

— Je vous annonce... que j'ai l'intention, après avoir mûrement réfléchi... eh bien... de me remettre en ménage. Il se redressa en s'adossant à sa chaise et en laissant retomber ses bras comme soulagé d'avoir vidé un sac de blé dans la mangeoire des vaches.

Amélie interloquée par cette décision soudaine demanda :

— Pour une nouvelle, c'est une nouvelle ! Cela t'a pris tout d'un coup ? qui est l'heureuse élue ? D'où vient donc cette créature de rêve ?

Puis se reprenant,

— Pardonne-moi, mon garçon, c'est l'émotion. Je te parle comme je le ferai pour Suzy ma fille. Tu es en droit de prendre tes décisions et je n'ai rien à en dire...

Gahous, expliqua qu'il avait besoin d'une présence féminine. Adrienne lui manquait. Bien entendu, jamais il ne pourrait la remplacer mais Charlotte, puisqu'il fallait la nommer, était une femme bien sous tout rapport.

— Charlotte ? demanda Amélie, Charlotte comment ? — Charlotte Dautarive. — Dautarive... Dautarive.... chercha Amélie, elle ne

serait pas de la famille Dautarive, le marchand de vins de Nogaro ?

— Tout juste, ma bonne Amélie, la

deuxième fille, veuve elle aussi. Son mari qui travaillait avec le négociant en vins avait péri en tombant dans un foudre qu'il s'apprêtait à soufrerCharlotte.

— En effet je me souviens de cette histoire. Il ne crachait pas sur le goulot, disait-on de lui. Une enquête de police avait même eu lieu à l'époque... il y a bien sept ou huit ans. On avait trouvé bizarre qu'il se soit mis lui-même à faire ce travail alors qu'il commandait plutôt aux autres employés...

— Tout cela est du passé. Je vous invite toutes les deux à faire sa connaissance Dimanche. Elle doit venir pour déjeuner. Claire nous préparera un bon pot-au-feu aux six légumes dont elle a le secret. Et toi ma vieille amie, sans te commander, je compte sur ton don de cuisinière pour nous concocter ta savoureuse moutarde gasconne au vin, pour l'accompagner.

— Va pour la moutarde... mais comment l'as-tu connue cette fameuse veuve ?

— C'est quand j'ai renouvelé, il y a trois mois, la réserve de vins. Son père était alité pour une bronchite.

102

C'est elle qui m'a servi. Nous avons parlé de choses et d'autres. Plus tard, par hasard, nous nous sommes rencontrés au marché, je l'ai invité à prendre un café chez Lestrade et de fil en aiguille...

— Par hasard, dis-tu ? Celui-là fait donc bien les choses... mais cela n'a aucune importance... je suis incorrigible, tu le sais bien.

Claire, durant cette conversation, était restée silencieuse. Bien qu'elle n'eût rien à espérer de plus que la bonté que lui témoignait Gahous, elle n'avait jamais envisagé une telle chose. Elle se considérait jusqu'alors comme sa compagne de tous les jours, celle qui était aux petits soins et qui comptait un peu dans sa vie.

L'arrivée de cette femme, aussi sympathique soit-elle, signifiait à ses yeux un partage. Cette idée maintenant la tourmentait et lui rappelait qu'elle ne serait à jamais que la domestique bonne à tout faire dans cette maison.

Amélie ne s'y trompa pas et devina le trouble de la jeune femme. N'aurait-elle pas à sa place ressenti les mêmes sentiments d'infortune ? Elle tenta de la consoler d'un sourire.

Gahous, s'il était conscient du trouble qu'il avait causé n'en fit rien voir et continua à expliquer et à se projeter dans l'avenir. Charlotte possédait une traction-avant Citroën noire, la fameuse 11 CV, dernière-née dont tout le monde parlait, avec la roue de secours à l'arrière.

Charlotte lui apprendrait à conduire, Charlotte était fin cordon-bleu, Charlotte savait coudre, aimait les animaux et la nature, elle peignait, brodait, Charlotte par ci, Charlotte par là...

— Voilà qui est heureux, enfin une femme parfaite, plaisanta Amélie, les hommes ont pourtant pour habitude de nous attribuer tous les défauts de la terre...

Claire ne l'écoutait plus, elle débarrassa la table et prépara l'eau pour la vaisselle.

« À n'en pas douter cette veuve lui a tourné la tête » pensait-elle.

Sa nuit fut blanche.

Ils étaient si bien tous les trois, la gaîté était de règle à la ferme. Ne réussissant pas à trouver le sommeil, elle broyait du noir. Tantôt elle prévoyait le pire, tantôt elle tentait de se rassurer :

« La nouvelle venue serait peut-être avenante et sans histoire. Dans le cas contraire, Gahous, qui était juste et équitable n'admettrait jamais qu'elle sème la discorde et pour sûr, la renverrait à ses barriques... »

Elle pensa aussi à sa mère. Elle projeta de

retourner la voir en souhaitant que son petit stratagème avec le facteur ait fonctionné. Elle appréhendait un peu cette visite, mais se dit aussi que la nuit était mauvaise conseillère et qu'elle verrait les choses différemment dans la journée...

Elle entendit la hulotte émettre un cri plaintif inhabituel comme si elle voulait témoigner de la compassion à son encontre.

104

Le jour pointait déjà à l'horizon quand, épuisée, elle sombra pour un court moment dans un sommeil superficiel qui finit de l'assommer.

En ce mois de Mars, les deux saisons se faisaient la guerre.

Alors que l'une éclaboussait la campagne de ses giboulées de pluie mêlée de grêle, l'autre, certaine de l'emporter, chassait à coups de bourrasques de vent, les grains inopportuns pour inonder la même campagne de ses rayons déjà chauds.

De bon matin, Claire prit le chemin de la Touillade. Elle s'en alla chercher Amélie. Cette dernière lui avait recommandé de ne pas s'attarder.

Il convenait de ne pas rater la réception de la nouvelle venue, Charlotte.

Elle avait, en aparté, dit à Claire :

— Petite, nous ne savons pas grand-chose de cette femme, Gahous ne voit que par elle, tout nouveau, tout beau... Tu dois être irréprochable et moi je devrai tenir ma langue. De cette façon si cette Charlotte venait à être moins agréable que ce qu'en a dit notre ami Gahous, et si la rencontre était tendue, ce n'est pas à nous qu'il aurait quelque chose à reprocher...

La vieille femme appuyée sur le bras de Claire, forçait autant qu'elle le pouvait, ses petits pas hésitants.

Gahous s'était mis sur son trente et un pour l'occasion. Chemise blanche sous une veste de drap à rayures grises et pantalon assorti, il avait gominé ses cheveux bruns à la Rudolf Valentino.

Rasé de près au coupe-chou, il avait arrêté l'hémorragie de quelques coupures à l'aide de minuscules morceaux de papier à cigarettes.

Chaussé de mocassins vernis étrennés pour l'événement, il ressemblait à un jeune premier, prêt pour tourner une séquence de film romantique.

— Doux Seigneur ! lança Amélie, mis à part les rustines de papier sur tes joues, tu es beau comme un sous neuf !

— Je suis comme je suis, voilà tout, ma bonne Amélie. Je sais quand il le faut me présenter convenablement...

Amélie, afin d'asticoter un peu plus son jeune ami, continua :

— Tu as vu, Claire comme il est beau notre Gahous ? Il est fier comme Artaban et avec ça, orgueilleux comme un poux.

Afin d'éluder cette question gênante, Claire demanda :

— Pourquoi dit-on d'un poux qu'il est orgueilleux ?

— Claire a raison. Ceci ne veut rien dire et puis je te remercie pour ta comparaison avec ce parasite, dit Gahous en jouant les vexés.

— Tu vois bien que tu es orgueilleux... note bien que ce ne sont pas toujours les gens humbles qui réussissent le mieux dans ce monde de crabes... et puis, trêve de balivernes, si tu veux que ton amie ne salisse pas ses gants de soie à nous aider pour la cuisine, j'ai encore à faire. Il faut dresser la table et aussi nous apprêter pour ne pas trop déparer aux yeux de Monsieur...

Gahous secoua la tête.

« Décidément cette bonne Amélie, malgré

son grand âge et ses soucis, a une âme de jeunette. Les gens comme elle devraient tous devenir centenaires. Ce sont souvent ces vieux coriaces, pourtant au bout de leur chemin, qui en remontrent aux jeunes en matière d'optimisme. » pensa-t-il.

Un crissement de pneus se fit entendre dans la cour. La "traction-avant" s'arrêta devant la porte.

Gahous, empressé, se précipita à la rencontre de la conductrice. Cette dernière, l'air enjoué descendit de la voiture et au bras du maître des lieux se dirigea vers l'entrée.

Amélie et Claire faisaient mine de s'affairer .

Charlotte était plutôt jolie, souriante et distinguée. Vêtue d'un tailleur noir et souliers à talons, elle avait tout d'une citadine.

Après lui avoir promis de lui faire visiter sa propriété, habitation et terres, Gahous fit les présentations et proposa de passer à table.

Durant le repas, Charlotte distribua les compliments.

Plaçant Claire, rougissante, dans l'embarras, elle s'extasia sur «

l'extraordinaire outremer » de ses yeux et assura à Amélie qu'elle était loin de faire son âge.

« Le sait-elle au moins mon âge ? » pensa cette dernière toujours vigilante.

Charlotte, certifia qu'elles feraient un trio d'amies inséparables et que, dès qu'elle se serait installée dans la maison, ce qui ne saurait tarder, elle participerait avec grand bonheur aux occupations journalières.

Gahous buvait ses paroles, Amélie, d'un naturel dubitatif, restait plus ou moins sur ses gardes alors que Claire, un peu étourdie par le verre de champagne servi en apéritif, l'écoutait d'un air absent.

Profitant du beau temps, après le dessert, on décida de faire tous les quatre la visite de la maison et celle des dépendances.

Ensuite, Amélie et Claire désirant s'occuper de la vaisselle et du rangement, laissèrent Gahous entraîner sa belle dans le chemin à merles pour l'emmener voir les vaches au pré. Par la même occasion, il en profiterai pour lui donner un large aperçu de ce qui constituait le cheptel.

En regardant la pendule, Amélie, armée d'un torchon, ne manqua pas de faire remarquer à Claire :

— À voir le temps que ces deux-là mettent à revenir, je pense que le chemin des vaches à dû s'allonger depuis

l'hiver… à moins que des talons soient restés plantés dans le sol…

Claire, les mains dans la bassine à vaisselle, encore étourdie par son « excès » d'alcool, grimaça un sourire entendu.

Au retour du couple, Gahous annonça que Charlotte viendrait s'installer à la ferme dès qu'elle aurait réglé quelques détails personnels. Son arrivée interviendrait certainement au début du mois de mai.

D'ici là elle serait son invitée chaque Dimanche.

C'est en assurant qu'elle mûrissait une « multitude de charmants projets » que Charlotte, après avoir serré tout le monde dans ses bras, monta dans sa belle voiture et prit congé.

Amélie s'adressant à Gahous eut cette réflexion :

— Macaniche ! en voilà une qui n'a pas la tête dans les nuages !

À Nupiac, la nouvelle fit grand bruit.

Gahous allait se remarier et qui plus est, avec la veuve Dautarive du négociant en vins de Nogaro.

À la boulangerie, Bertine devait supporter à longueur de temps les mêmes réflexions et phrases récurrentes de la part de ses clients.

« Alors Bertine, à ce qu'on dit... » « Cette Charlotte tout de même... » « On a jamais su ce qui s'était vraiment passé pour son mari... » « À sa place, je me méfierai... » ou « Il est brave et travailleur, s'il peut retrouver un peu de bonheur... » « C'est une belle femme et intelligente à ce qu'on dit... peut-être trop, allez savoir... » « En tout cas il aura des bonnes bouteilles pour pas cher... »

Bref, pressée de voir la journée se terminer, la boulangère regardait plus souvent l'horloge que son tiroir- caisse. Tous ces gens l'importunaient avec leurs qu'en dira-t-on.

L'apothéose fut quand Robic apporta le courrier. Le facteur qui avait pris quelques jours de vacances marquait un franc retard sur les nouveaux cancans de la commune. Il s'empressa de questionner Bertine afin de rattraper au plus vite son handicap.

— Dis-moi Bertine, tu es au courant pour Gahous ? J'ai entendu vaguement parler d'une fille qui serait de Nogaro... Comment s'appelle-t-elle ? Quel âge a-t-elle ? Crois-tu qu'il vont passer devant le maire... et le curé Béziade qu'en dit-il ? Elle va habiter à la ferme. L'a-t-il déjà mise dans son lit ? Cela lui fera trois femmes à ce

veinard... enfin, la vieille Amélie ne risque rien... je plaisante...

La boulangère déjà excédée de tant de commentaires gratuits envoya vertement le facteur sur les roses, qui commençaient à peine à éclore...

— Mon cher ! La boulangère que je suis a déjà fort à faire avec son fournil, son pétrin, sa caisse et son boulanger sans avoir à se préoccuper de qui va faire quoi ! Si je te rapportais les blabla de chacun, tu serais bien capable, tel que je te connais, d'en faire une pâte à pain à la mode facteur !

— Une pâte à pain ?

— Parfaitement ! Boniments et mensonges une fois mélangés et pétris font comme les miches au four : ils gonflent ! et pour ce qui est de gonfler, je crois, mon pauvre Robic, que tu en connais un rayon. Moi aussi, je plaisante, conclut-elle en grimaçant.

Le facteur ainsi rembarré reprit son vélo sans en rajouter. Il trouverait bien, en chemin, quelqu'un de plus bavard...

Charlotte vint à la ferme chaque Dimanche.

Toujours charmante et disponible, elle fit en permanence l'admiration de Gahous et ne provoqua aucun commentaire particulier des deux femmes.

Elle était brillante, parlait de tout en connaissance de cause et en imposait par son érudition en matière de grands crus.

Se présentant chaque fois avec une nouvelle bonne bouteille, elle en expliquait la provenance et la vinification.

Durant la dégustation, elle employait des termes choisis pour en décrire les saveurs.

À la manière d'un grand sommelier, elle soulignait, devant ses auditeurs ébahis, les diverses caractéristiques techniques de ces précieux nectars.

Afin de ne pas être en reste, Amélie ventait, elle aussi, la cuisine de la jeune cuisinière en omettant volontairement de préciser qu'elle y avait parfois mis la main.

Hormis un certain pincement au cœur de Claire, tout allait donc pour le mieux.

Comme prévu, Charlotte vint s'installer à la ferme le premier samedi de mai.

Ce soir là fut une longue veillée à parler de choses et d'autres. Amélie et Claire, sans se l'avouer, préférèrent prendre congé les premières afin de ne pas voir le couple d'amants disparaître dans leur chambre commune...

Très vite, Gahous se trouva face à un dilemme : quand tous deux passeraient devant le maire confierait-il son secret à sa nouvelle femme ?

Deux solutions s'offraient à lui.

La première consisterait à ne rien révéler des louis d'or cachés au grenier, sous la latte du plancher. Il faudrait alors qu'il raconte l'histoire de la comète et il s'était bien juré de ne jamais en parler à quiconque. Il prélèverait,

comme à son habitude, les précieuses pièces, selon ses besoins, pour aller les négocier à la banque.

Dans ce cas, il vivrait constamment dans la crainte que quelqu'un découvre le pot aux roses. Le fait de tromper Charlotte le répugnait. Il n'avait pas pour habitude de mentir aux gens qui lui étaient chers.

La deuxième solution était, malgré ses réticences, de tout avouer. Cette option ne l'enchantait guère plus que la première, car si Charlotte était elle-même à l'abri du besoin, quelle réaction aurait-elle en présence d'une telle fortune ? De plus, saurait-elle garder le secret ?

« La cervelle des humains se trouve souvent à l'étroit dans le crâne quand elle est soumise à trop d'opulence » pensait-il. En définitive, il se dit que rien ne pressait et qu'il prendrait le temps qu'il faudrait pour réfléchir à cette question.

Le lendemain matin Charlotte, vêtue d'une robe de chambre de satin rouge, les cheveux défaits, parue contrariée.

Contrairement à son habitude, elle parlait peu et baillait à chaque instant.

Amélie, toujours prête à la critique, glissa à l'oreille de Claire :

— En voilà une qui n'a pas dormi son compte... Gahous doit y être pour quelque chose sans doute. Ce gaillard doit rattraper le temps perdu...

Claire, gênée par les observations de la vieille femme, s'éloigna la tête dans les épaules.

Le mystère s'éclaircit quand Charlotte s'adressa à la cantonade :

— Quelque chose a fait un bruit insupportable sur le toit cette nuit. Avez-vous entendu ? Pour ma part j'ai été réveillée à plusieurs reprises par des cris qui s'apparentaient peut-être à ceux du hibou ou du chat huant.

— Rassure-toi, répondit Gahous, ce n'est
que notre hulotte qui vient de temps en
temps nous honorer de sa présence.
— Et sachez, Charlotte, que celle-ci ne vient
pas nous rendre visite sans motif. Elle
annonce toujours une nouvelle, bonne ou
mauvaise, on le constate après coup et puis
n'est-elle pas la cousine de Gahous ?
puisque notre patois "gahus" signifie hibou,
plaisanta Amélie.
Charlotte qui ne sembla pas apprécier ce
qu'elle considérait comme une intruse
nuisible proposa :
— Ne faudrait-il pas la tuer pour qu'elle
cesse de nous importuner ?
Gahous à ces mots sursauta et tournant
l'incident à la plaisanterie il répondit:
— Tuer ma cousine, tu n'y penses pas
Charlotte. Voudrais-tu faire de moi un
assassin ?

- 114 -192
114
— La solution est de mettre la tête sous le
traversin pour se boucher les oreilles, ma
belle, dit Amélie ou de l'écouter avec
attention afin de saisir ce qu'elle veut
exprimer, puis de l'oublier et s'endormir.
Ensuite l'habitude venant...
Claire qui était jusque là restée en dehors
du sujet se manifesta et laissa libre cours à

son imagination dictée sans aucun doute, par un état d'esprit partisan.

— D'après ce que j'ai compris de son langage, il semble qu'une chose inhabituelle l'ait contrarié et elle tenait à nous le faire savoir !

Charlotte, désirant éluder le sujet, n'exprima aucune autre réaction.

Il avait été convenu qu'elle se rendrait chaque semaines chez ses parents, à Nogaro, afin d'aider ces derniers aux diverses occupations dont elle avait habituellement la charge.

Elle avait expliqué à Gahous qu'elle désirait continuer à participer à la vie de l'entreprise familiale, qu'un jour ses parents ne seraient plus là et qu'il fallait qu'elle soit prête à reprendre l'exploitation.

Chaque jour après déjeuner, Gahous prenait ses leçons de conduite avec Charlotte comme professeur.

Après quelques semaines, l'élève fut fin prêt à passer son permis de conduire et le réussit sans problème.

Aussitôt, il annonça fièrement qu'il comptait s'équiper, lui aussi, d'une voiture. Contrairement à celle de Charlotte et pour des raisons professionnelles, la sienne devrait être utilitaire. Son choix se porta sur la dernière nouveauté de chez Renault : la Prairie.

C'était une sorte de grosse berline break, haute sur roues qui faisait penser aux véhicules tout terrain des safaris africains. Possédant, sièges arrières escamotés, une place importante à l'arrière, cela lui permettrait de véhiculer toutes sortes de denrées, sans être constamment à la merci de livraisons hypothétiques de ses fournisseurs.

La rutilante acquisition, de couleur sable, fit son entrée quelques semaines plus tard, dans la cour de la ferme.

Tandis qu'Amélie caressait en s'extasiant les douces rondeurs de la carrosserie flambant neuve, Claire, confortablement installée au volant, faisait mine de conduire la tête dans le volant.

Tous les quatre se mirent en devoir de débarrasser une partie de la grange en encombrant un peu plus l'autre. On avait déjà fait de la place pour la Traction de Charlotte, il convenait de faire de même pour la Prairie.

À cette époque, seuls quelques privilégiés possédaient une voiture. Gahous fit dorénavant partie de ces derniers.

Au village on reparla des millions de chaussures vendues à Paris à l'époque où Gahous était cordonnier. Au fur et à mesure que les jours passaient, avec l'aide de Robic et Léon, les millions se multipliaient...

Mais on commença à parler de milliards, quand Gahous, désirant ne pas laisser dormir ses écus d'or, fit l'acquisition d'un tracteur. Un Ferguson gris souris 40 CV et sa remorque métallique à battants rabattables.

Amélie émerveillée mais toujours critique, commenta les derniers évènements auprès de Claire.

— Je n'aurais jamais cru que notre Gahous possédait autant d'économies. Ces achats sont conséquents et voilà maintenant que Charlotte lui a mis en tête de rénover tous les murs et plafonds. Elle veut du papier tapisserie aux couleurs vives ou claires avec des fleurs imprimées. Elle trouve que nous vivons dans la pénombre.

— Cela va être magnifique, répondit Claire, un peu plus de gaîté sera la bien venue.

— Bien sûr, de ce côté là on ne pourrait s'en plaindre, mais il ne faudrait pas que ce garçon se laisse entraîner dans des aventures ruineuses.

Curieusement, les deux femmes remarquèrent que Gahous, depuis l'arrivée de Charlotte, avait souvent à faire au grenier. Ce dernier était pourtant sans beaucoup d'intérêt à leurs yeux.

Claire, dont la chambre mansardée faisait partie des combles, passait fréquemment dans ledit grenier et ne voyait pas ce que son protecteur venait y faire.

Un jour qu'elle se trouvait seule, n'y tenant plus et curiosité féminine aidant, elle prit la décision de mener sa petite enquête. Elle monta à l'étage et se mit en devoir de rechercher le détail qui attirerait son attention au milieu du bric-à-brac ambiant. Les deux pieds joints, à seulement quelques centimètres du tapis recouvrant la latte de parquet aux louis d'or, les poings sur les hanches, elle examina avec soin tout ce qui l'entourait. Mis à part un vieux coffre qu'elle visita sans succès, rien ne lui sembla en mesure d'intéresser qui que ce soit. Seuls des enfants en mal de mystère auraient pu, à la rigueur, laisser libre court à leur imagination pour s'inventer quelque aventure fantastique autour de trésors cachés.

Elle redescendit bredouille.

Un peu honteuse vis-à-vis de Gahous, elle avoua sa curiosité à Amélie.

Cette dernière loin de critiquer son attitude, avoua qu'elle même avait songé à élucider cette énigme.

— Notre ami Gahous est en effet bien mystérieux. J'ai remarqué qu'il sifflote toujours lorsqu'il redescend des combles. Je n'ai jamais observé cette attitude quand il revient de l'étable ou des champs, et je le connais comme si j'étais sa pauvre mère. Peut-être aussi que cet endroit lui rappelle ses souvenirs d'enfance et qu'il aime s'y retrouver

de temps à autre. Quel est le gamin qui n'a pas fantasmé dans l'univers d'un vieux grenier au milieu de photographies sépia, de restes de vaisselle familiale ou d'autres frusques mitées ?

— Vous avez sans doute raison, peut-être ne s'agit-il que de cela.

Un soir, il fut décidé que l'on irait acheter les rouleaux de papier tapisserie destinés à satisfaire le souhait de Charlotte. Claire serait du voyage. Gahous souhaitait qu'elle participe à la sélection des coloris et motifs. De plus, elle aurait le champ libre pour fixer son choix sur le papier destiné à sa chambre.

Gahous avait dit :

— Je me moque du coût, choisissez ce qu'il y aura de mieux, nous n'allons pas recommencer chaque année...

Charlotte, experte en toutes choses, fut nommée "Maître d'œuvre" pour l'occasion. Elle ferait profiter les autres participants de son expérience en la matière. En définitive, l'équipe se résuma, avec Charlotte, aux deux autres femmes, Gahous ayant estimé qu'il avait mieux à faire à l'extérieur...

Amélie, spécialiste de la moutarde au vin, souhaita s'occuper de la colle.

Déclarant souffrir de vertige, elle aiderait seulement à badigeonner le bas des murs « jusqu'à hauteur de la ceinture. »

- 119 -192

119

Étant donné sa petite taille de vieille femme tassée par les ans, Charlotte pensa, à juste titre, que la partie ainsi définie ne dépasserait pas les soixante dix centimètres...

Claire quant à elle, bénéficierait de quelques leçons de pose de tapisserie assurées par Charlotte. Cette dernière certifia que son élève n'aurait aucun problème à exécuter la mesure et la coupe des lés ainsi que leur encollage.

Elle même se réserverait la partie la plus délicate : la maîtrise de la pose en bon aplomb des panneaux ainsi préparés, sans pli ou déchirure.

D'un commun accord, Charlotte, Claire et Gahous, saluèrent la bonne volonté de la vieille Amélie.

Étant donné son grand âge, personne n'aurait trouvé à redire si elle avait préféré à la tapisserie la poursuite du tricotage de son éternel châle.

« Et tans pis pour le prochain hiver, nous aurons bien le temps de mourir. » avait elle dit.

Après quelques ratés, (lés coupés trop courts, encollage surabondant, anicroche diverses et variées) le chantier se déroula plutôt avec succès.

Petit à petit, la maison se transforma, s'éclaira, s'égaya de multiples motifs aux couleurs chatoyantes.

Bien que l'on jugea fréquemment Charlotte quelque peu directive et autoritaire il fallut bien reconnaître que cette maîtresse femme avait l'étoffe d'un chef d'entreprise.

- 120 -192

Partout à la fois, elle mena l'opération de main de maître ce qui permit de constater, à la fin des travaux, la pleine réussite de l'opération.

Gahous fut ravi.

Afin de fêter l'événement il revint de ville avec trois immenses bouquets de roses qu'il offrit, accompagnés de champagne, à ses trois ouvrières émérites.

Les travaux terminés, on décida de la date du mariage.

On publia les bans, on prit rendez-vous avec le curé Béziade, on dressa la liste des participants et on lança les invitations. Cela sans oublier Georges et Jeanne Pomède, les amis et complices parisiens.

Si Gahous était en manque de famille, ce ne fut pas le cas de Charlotte qui compta, hormis les proches, père, mère et grands-parents, une bonne vingtaine d'oncles et tantes, cousins,cousines, germains ou éloignés, avec leur ribambelle de gamins...

Les amis du village seraient eux aussi de la fête.

François, le maire et sa famille, Antoine Saubadou l'instituteur avec Jade son épouse enceinte jusqu'à la gorge, Bertine la boulangère et Louis, son boulanger de mari,qui lui laissait le soin de porter la culotte.

Afin de ne pas faire de jaloux, on convia également à la noce ce bavard de Robic et son vélo, ainsi que Léon Feugas avec ses deux cancres et sa femme qui, d'après les on-dit, l'avait été autant que ses enfants en son temps...

Enfin, pour faire bonne mesure, le reste du village fut prié de se joindre aux noceurs pour le dessert, le champagne et le bal qui suivrait.

Amélie, qui ne faisait confiance à personne pour la cuisine, décréta qu'elle mènerait à bien, avec Claire, cette tâche délicate.

Toutefois elle demanda à être secondée de deux extras pour ce qui serait du service et de la plonge.

On discuta à quatre, durant cinq jours avant de tomber d'accord sur la composition du menu pour le midi.

Cette délibération animée se termina tout de même par un bon consensus.

Amélie conclut : — Avec gens de bon aloi, solution sous le doigt !

Pour le souper la décision fut plus rondement menée.

On commanderait des plateaux de canapés au saucisson, jambon de Bayonne et andouillette de Nogaro. plus locale que celle de Vire.

On prévit également une multitude de toasts aux rillettes d'oie, au boudin de viande et au fromage pur brebis, des Pyrénées.

Les fournisseurs de denrées furent triés sur le volet , il convenait qu'ils soient dignes d'un tel événement !

Il fut également décidé que l'on observerait la lune et que l'on "tâterait" le vent pendant les trois jours qui précèderaient la fête.

Cette opération délicate fut confiée à Gahous. Elle serait déterminante pour faire le choix d'un repas champêtre ou de celui moins bucolique, mais plus rassurant, d'une fête sous le toit protecteur de la grange.

Un oubli de taille se rappela au bon souvenir des habitants de la ferme.

La hulotte sans doute dépitée de ne pas avoir été couchée sur la liste des invités, entama dès neuf heures du soir sa sérénade des grands soirs.

Il fut inutile de rechercher la cause de ce vacarme nocturne qui se prolongea, au grand dam de Charlotte, jusqu'au petit jour.

— À grand événement, grand concert ! plaisanta Gahous.

Charlotte, moins enthousiaste rectifia : — À

grand événement, grande insomnie !
Au village ce fut l'effervescence.
L'opulente Bertine qui avait encore pris du poids depuis la Noël renouvela sa garde-robe. Robic affûta sa

langue et repeint son vélo. Léon et Bernadette sortirent de la naphtaline leurs toilettes de mariage qu'ils n'avaient pas eu l'occasion de remettre depuis l'enterrement du père, trois ans auparavant.
Ce n'était pas tous les jours qu'un événement d'une telle ampleur se produisait
Pour le cas présent il s'agissait de gens riches qui ne rechignaient pas à la dépense. À voir le nombre de personnes qui seraient de la fête et les moyens mis en œuvre, tous comparaient cette future manifestation à une fête Nationale !
Bertine commanda un grand bouquet au fleuriste d'Aignan. Bernadette Feugas se chargea elle aussi de cette tâche, mais ignorant totalement les convenances commanda au même fleuriste une magnifique couronne mortuaire...
Robic le facteur, informé par son ami Léon, lui fit remarquer que, pour un mariage, le choix de sa femme n'était peut-être pas très

judicieux.

Bernadette piquée au vif par cette réflexion désobligeante « venant d'un petit facteur sans instruction » déclara que seul le contenu était capital et que la forme importait peu...

Le curé Béziade recruta les enfants de chœur pour astiquer calice et chandeliers. François, le maire, quant à lui, fit de même avec Antoine l'instituteur et ses élèves pour encaustiquer les bancs de la salle municipale.

Le grand jour arriva.

- 124 -192

124

Pendant qu'Amélie et Claire s'affairaient aux fourneaux, Charlotte et Gahous revêtaient leurs habits de cérémonie.

La hulotte, elle aussi, avait troqué son pelage hivernal contre celui plus léger d'été. Après que François, l'écharpe tricolore en bandoulière, ait unit les deux tourtereaux pour le meilleur et pour le pire, le couple se dirigea ver l'église.

Après une messe grandiose, animée tant bien que mal à l'harmonium par Germaine, la bonne du curé, musicienne à ses heures, le couple uni devant Dieu s'engouffra dans la Traction.

La voiture au pas de l'homme, l'ami

parisien au volant, démarra, suivie de la famille Dautarive, qui étrennait une magnifique Mercedes blanche flambant neuve.

La Juvaquatre plus modeste du maire et des siens, vint en troisième position.

Comme pour un enterrement en moins triste, les invités au repas défilèrent à grand renfort de rires et de gesticulations, derrière les trois véhicules.

Le convoi ainsi formé fit une entrée retentissante à la ferme.

Mounette, qui ne sembla pas apprécier cet afflux de joyeux lurons, sauta de son pilier et se dirigea vers le chai pour se réfugier terrorisée, sous une brouette.

- 125 -192

125

Gahous qui avait "tâté le vent" avait décidé que le repas serait champêtre.

Le temps, en effet, était au beau fixe.

Une douce chaleur avait envahi la campagne. L'atmosphère était imprégnée du parfum des mimosas en fleurs.

On avait installé, dans l'arrière-cour, une immense table tout en longueur dans l'herbe fraîchement fauchée exhalant des bouffées de flouve odorante.

Recouverte de draps blanc, dont les rabats ondulaient dans la brise, elle était décorée de six énormes bouquets livrés le matin même par le fleuriste d'Aignan.

On avait sorti la porcelaine, les couverts en argent et les verres à pied en cristal d'Arques.

Les invités déposèrent leurs propres brassées de mimosa dans un baquet préalablement rempli d'eau.

Curieusement une somptueuse couronne mortuaire fut déposée par Bernadette Feugas contre ledit baquet. Elle arborait une étonnante "épitaphe" brodée d'or sur ruban de soie rouge, qui indiquait:

" Bonheur et joie aux nouveaux mariés"

L'arrivée impromptue de cette marque décalée de sympathie ne manqua pas de déclancher quelques rires diffus...

Les cuisinières avaient mis les petits plats dans les grands.

Amélie qui tenait secret son coin à mousserons, était allée les cueillir la veille et avait préparé un onctueux velouté aux saveurs de sous-bois.

Claire s'était chargée de présenter le foie gras aux figues, disposé en épais médaillons couchés sur un lit de salade émincée.

Au petit matin, on avait mis à rôtir aux

braises de la cheminée, un cochon de lait badigeonné à la graisse d'oie..

Les cèpes tête de nègre, ramassés à l'automne, qui avaient patientés durant l'hiver dans leurs bocaux stérilisés, avaient été cuisinés à grand renfort d'ail et d'échalote et servi en garniture au nourrain grillé à point.

Les invités "au dessert" arrivèrent eux aussi bien décidés à s'empiffrer de profiteroles. À constater l'excitation dont ils faisaient preuve, il sembla bien que la plupart d'entre eux avaient déjà débuté la fête, à domicile...

Les mariés et leurs proches dégustèrent avec distinction, à petits coups de fourchette à dessert et dans leurs assiettes de porcelaine, la délicieuse pâtisserie.

Il n'en fut pas de même pour les invités de la dernière heure.

Les quatre pièces montées ne tardèrent pas à fondre comme bonshommes de neige au soleil.

Sous les coups de boutoir de leurs mains poisseuses, les goinfres, adultes et enfants, portèrent goulûment les choux à la glace vanillée vers leurs babines caramélisées.

On chanta la bouche pleine entre les coupes

de champagne.

Les deux musiciens engagés pour l'occasion lancèrent le bal sur une valse endiablée. Alors que les caisses de bouteilles s'allégeaient, l'ambiance allait crescendo. Les vestes tombèrent, les cravates se desserrèrent, les chemises se mouillèrent... Claire, Amélie et les extras ne furent pas en reste. La vaisselle et le rangement attendraient...

La fête se prolongea jusqu'au petit matin. Epuisés mais heureux, mariés et invités dégustèrent la soupe à l'oignon traditionnelle, celle qui était sensée effacer par miracle tous les abus de ripaille et "qui remettait debout pour aller se coucher."

La hulotte fit le mauvais œil. Cette débauche humaine avait contrarié ses habitudes. Elle fut dans l'obligation d'aller chercher pitance chez une voisine qui n'apprécia guère...

128

Claire ne renonçait pas.

Mais qu'allait donc faire Gahous dans ce « sacré grenier » ?

Assise sur le rebord de l'abreuvoir de pierre, elle avait laissé Amélie à son tricot. Cette dernière avait préféré rester à la fraîcheur de la maison gasconne aux murs d'un demi mètre de galets montés à la chaux.

Gahous exténué par une journée de fenaison dans la fournaise, après avoir fait un plongeon réparateur dans la rivière, s'était assoupi dans son fauteuil de rotin. Charlotte, plongée elle aussi, mais dans " Nous Deux", son roman-photo préféré, se délectait du jeu figé des acteurs en noir et blanc. Page après page, sa curiosité allait crescendo.

À la dernière bulle du feuilleton de chaque histoire à suivre, elle lançait un « Hé bien ! » qui en disait long sur la tragédie qui s'était déroulée sous ses yeux.

Avide de nouvelles aventures, elle passait à la suivante et dévorait ainsi jusqu'à la dernière page le mensuel aux romantiques histoires d'amour.

Amélie, étonnée de voir la jeune femme si instruite affectionner ce genre de littérature, faisait semblant de dédaigner cette « lecture futile », prétextant que « les femmes y étaient trop belles et trop gourdes à la fois ».

Elle trouvait aussi les hommes « efféminés et maquillés comme des "mounaques" de mauvaise vie »

Bref, en cachette, elle se jetait sur la revue

pour en lire avec avidité le contenu.

Tout compte fait, cela lui rappelait le temps passé où, jeune et belle, elle jouait elle aussi à trousse-jupons.

En définitive, tous lisaient "Nous Deux" lequel, quelque peu défraîchi par les manipulations, finissait invariablement dans la musette de Robic le facteur qui le repassait à Léon, qui le transmettait lui même à Bertine.

Cette dernière savourait son bonheur de lire, l'après- midi, pendant que son boulanger de mari "ronflait" sa sieste après avoir préparé le levain pour le lendemain.

Au terme de ce long périple, le journal romantique terminait sa vie, embrasé par une allumette au soufre, sous le fagot de bois sec du fournil.

Cela permettait à la bonne Bertine d'affirmer à ses clients :

— Si mes miches sont aussi croustillantes et leur mie si moelleuse c'est parce qu'elles sont pétries avec amour et passion !

- 130 -192

130

Elle laissait à chacun, selon qu'il était puritain ou joyeux luron, le soin d'interpréter cette déclaration à sa manière...

Mais revenons à Claire dont la curiosité ne

faiblissait
pas.
Elle imagina un stratagème pour
surprendre Gahous dans le grenier.
La prochaine fois qu'il s'y rendrait, elle
feindrait d'avoir oublié quelque chose dans
sa chambre et monterait les marches quatre
à quatre...
Amélie, mise dans la confidence, et n'ayant
rien perdu du tempérament espiègle de sa
jeunesse, se réjouit de cette malicieuse
initiative.
Gahous, habillé et rasé avait prévenu qu'il
se rendrait en ville.
Charlotte avait déjà pris la route de bon
matin pour se rendre "au château".
Le négociant en vins Dautarive et son
épouse avaient bien mené, (à défaut de
barque), leurs tonneaux.
Durant des années, ils avaient accumulé les
gains et avaient fini par acquérir un
vignoble comprenant, avec son chaix, une
respectable demeure gasconne dont ils
firent leur habitation.
Bien que cette dernière ne présentat aucun
signe de noblesse, pour les habitants des
alentours elle était le "château".

Cette acquisition leur avait permis de

produire leur propre cépage, que leur fille unique avait amélioré après ses études d'œnologie à Bordeaux.

Ainsi, Charlotte qui veillait "aux grains", continuait à suivre et contrôler avec assiduité la production familiale.

On s'était bien gardé de l'informer de l'étrange comportement de la hulotte qui choisissait, avec un malin plaisir, de se manifester bruyamment seulement les nuits où l'épouse était présente.

Charlotte ne manquait pas, au matin, de lâcher que la "sale bestiole" pourrissait ses nuits.

Gahous se dirigea vers l'escalier.

Claire posa le torchon à vaisselle alors qu'Amélie, aux aguets, faisait une pause de plus dans la confection de son interminable ouvrage.

Gahous d'un pas décontracté entreprit la montée... Claire attendit un moment. — Vas-y, maintenant ! murmura Amélie. La jeune fille s'élança, gravit l'escalier en courant. Parvenue à la dernière marche, elle cria :

— Quand on a pas de tête, on a des jambes. J'ai oublié de mettre ma taie d'oreiller à la lessive !

Elle vit alors Gahous à genoux sur le plancher qui semblait chercher quelque chose dans une vieille blague à tabac...

132

Elle fit mine de ne rien voir et s'engouffra dans sa chambre d'où elle ressortit aussitôt, toujours aussi pressée.

Elle dévala l'escalier et attendit le départ de Gahous pour informer Amélie de sa découverte.

Les deux femmes ressentirent une sorte de remords d'avoir trompé celui qui était si bon pour elles.

Elles n'osèrent pas, pour cette fois du moins, aller fouiner au grenier.

Le lendemain, alors que Claire s'appliquait à épingler des draps fraîchement lessivés en les tendant au mieux sur leurs cordes, Gahous s'approcha d'elle.

— Claire, je voulais te parler seule à seul. Le visage de la jeune fille vira au rouge vif. — Tu m'as surpris hier, au grenier et connaissant la perspicacité dont tu fais preuve, je ne doute pas une minute que mon attitude t'ait étonnée.

Claire ne dit mot.

— Saurais-tu garder un secret que nous serions seuls, toi et moi, à connaître.

— Bien sûr, Monsieur Gahous, mais... — Mais ? — Il y a que... Amélie se doute elle aussi... pour le

grenier... — J'ai toute confiance en ma vieille amie, je lui
parlerai... nous serons trois... — Dans ce cas je suis prête...

Gahous alors lui raconta, la météorite, la vente à Paris avec son ami Georges, les pièces d'or, la cachette... Il lui expliqua en outre qu'il n'avait pas encore mis Charlotte au courant de toutes ses affaires et qu'il préférait paraître à ses yeux, pour l'instant, de condition modeste.

Claire n'en croyait pas ses oreilles.

À la fois étonnée et fière d'une aussi grande confiance à son égard, elle en fut transportée de bonheur...

Elle lui fit remarquer que les grosses dépenses qu'il venait de faire mettraient peut-être la puce à l'oreille de sa femme, puis se ravisant elle s'excusa d'avancer des choses qui ne la concernaient pas.

Gahous en souriant, d'un geste paternel, lui tapota la joue.

— Dorénavant appelles-moi Gahous tout court, le "Monsieur" me paraît trop pompeux, cela me gêne un peu.

— D'accord, Mons... pardon... Gahous.

Charlotte passait fréquemment ses journées à Nogaro. Elle partait de bonne heure et revenait pour le souper. Souvent même, donnant pour explication ses lourdes responsabilités, elle passait la nuit au château.

Amélie n'avait pas manqué de faire remarquer à Gahous :

— Une femme mariée et amoureuse de son époux se doit d'être plus souvent au foyer.

Ce à quoi Gahous répondit :

— Ma bonne Amélie, il faut te rendre à l'évidence, les temps ont changé, les femmes aspirent à plus de liberté qu'autrefois...

— La liberté des uns commence quand s'arrêtent les autres !

— Je suppose que tu veux dire : La liberté des uns s'arrête là où commence celle des autres, rectifia Gahous.

— On dit aussi, " La liberté des uns s'arrête là où commence celle d'autrui." renchérit Claire. J'avais appris cette phrase à l'école quand on étudiait la révolution de 1789.

Amélie faisant mine d'être complexée s'exclama :

— Je suis entourée d'intellectuels à ce que je vois. Peut-être saurais-tu, en plus quel est l'autre érudit qui l'a prononcée ?

— Euh... sans doute un citoyen

révolutionnaire avant de passer à la guillotine.

— Boudiou ! voilà qui lui a bien servi à ce pauvre bougre de faire son intéressant.

— Peut-être mais son proverbe est resté gravé dans la mémoire des gens, enfin de certains...

— Moques-toi de moi maintenant. Puis après réflexion, — ReMarquès, Mademoiselle je-sais-tout, que je dis cela mais que de toutes les façons, phrase ou proverbe, il serait tout de même mort à présent ton philosophe... alors...

— Alors ?

— Alors, rien, je constate que dans son lit ou la tête dans le panier, quand on est mort, on est mort !.. et... pour un bon bout de temps...

Gahous, amusé par cet échange, secoua la tête en souriant.

Dans les semaines qui suivirent, le secret partagé par Gahous et Claire eut pour effet d'instaurer entre eux une certaine complicité.

Cela ne passa pas inaperçu aux yeux de Charlotte malgré ses nombreuses absences. Des regards et des silences survenant durant des conversations touchant à l'argent, alertèrent l'instinct de suspicion de l'épouse. Faisant mine de ne s'apercevoir de rien, elle commença tout de même à se poser quelques questions.

Alors qu'elle redoublait de gestes tendres envers son mari, elle prit, jour après jour quelques distances avec Claire.

Elle ne lui adressait la parole que pour des questions purement matérielles et lui faisait sentir sa supériorité. N'était-elle pas la maîtresse de maison ? la femme du patron, celle qui payait sa bonne à tout faire pour qu'elle reste dans son rôle d'employée respectueuse de ses employeurs ? Voilà que maintenant elle appelait son mari familièrement Gahous !

Un dimanche, Claire prit la décision d'aller voir sa mère. Elle voulait se rendre compte de l'éventuelle réussite de son stratagème avec Robic.

Avait-elle eut vent du pardon de sa fille ?

L'autocar Chausson tirait péniblement sa carcasse sur la route des coteaux qui montait à Izotges.

La chaleur était oppressante.

Une opulente paysanne qui maintenait sur ses genoux, un sac curieusement animé, épongeait à grands coups de mouchoir détrempé les rivières de sueur qui dégoulinaient sur son visage.

Devant le regard étonné de Claire, elle lui expliqua qu'elle emmenait une lapine au mâle chez son frère, exploitant agricole sur la route du village.

La pauvre bête qui devait étouffer dans sa prison de toile, semblait bien, d'après ses nombreux soubresauts, tenter d'en trouver la sortie.

Un cahot d'ampleur inhabituelle fit chuter la précieuse sacoche qui en s'ouvrant laissa s'échapper la lapine.

Celle-ci se réfugia sous les sièges, bien décidée à jouer la belle pour se soustraire à une mort certaine par suffocation.

La grosse femme, à quatre pattes, nez au sol, tira son gros postérieur, tantôt en marche avant, autant en marche arrière, serrée sur ses flans dans le couloir central pour essayer de récupérer son bien.

Étant donné l'exiguïté du passage, l'opération ne permettait pas l'aide d'autres participants. Ces derniers se

contentèrent donc de sourire béatement de l'embarras de la pauvre femme.

La lapine affolée tenta de changer, de rangée en passant sous le ventre de sa propriétaire. Cette dernière, dans un reflex incontrôlé, se coucha sur la fugueuse et faillit bien lui faire subir le coup du lapin ! Durant tout ce temps, le chauffeur, fort amusé par la scène qui défilait dans son rétroviseur, zigzaguait à qui mieux mieux sur la petite route sans s'inquiéter davantage de ses autres passagers qui, eux, riaient jaune.

Ce fut une masse à demi estourbie qui regagna la besace qu'elle n'aurait jamais dû qitter.

La grosse femme, en nage, rampant et soufflant comme un lion de mer égaré dans un désert brûlant, revint s'asseoir près de Claire qui, elle, n'osait respirer.

Cet épisode cocasse terminé, l'autocar, toussant et trépidant, reprit son poussif périple, bien à droite, cette fois.

Si le voyage fut l'équivalant d'une comédie burlesque, il n'en fut pas de même lorsque Claire poussa le portillon de sa maison natale.

Le jardin devenu jachère, présentait un aspect de paillasson cuit par le soleil.

Le sol était jonché de mauvaises herbes desséchées. Il n'avait rien à envier aux quelques arbres fruitier qui, faute de soin, n'avaient plus que leurs branches étiolées pour pleurer.

Alors que le sentier d'accès à la maison n'était que chemin de paille, pendaient des cordes à linge quelques guenilles fripées qui se balançaient aux restes de sirocco. Claire poussa la porte.

Seul un des volets entr'ouvert laissait passer un trait de lumière dans une atmosphère d'outre-tombe.

Sa mère attablée au milieu de vaisselles sales, semblait avoir terminé son repas. Elle tourna à peine la tête.

— Bonjour maman, je suis venue prendre de tes nouvelles, dit Claire.

— Quelqu'un s'intéresserait-il à moi ? répondit la femme.

— J'espère avoir plus de chance qu'à ma dernière visite où tu m'avais presque flanquée dehors.

Claire ouvrit davantage le volet, afin de faire entrer un peu de clarté dans la pièce. Elle trouva sa mère vieillie et amaigrie. Son visage émacié s'était ridé, creusé de nombreuses rides.

« Comment peut-on changer en si peu de temps ? pensa Claire. Seule une grande misère morale, ou une grave maladie pouvaient être responsables d'une telle déchéance. »

— Parles moi. Comment vis-tu ? Que fais-tu

? As-tu des ennuis de santé ? des tourments ?..

La femme marqua un temps de réflexion.

— On m'a rapporté que tu n'avais pas de rancœur à mon égard. Est-ce la vérité ?

— On ne peut pas rester fâché longtemps avec une mère. Il faut pardonner...

— Tous les gens m'ont tourné le dos depuis l'affaire. Je ne fais plus qu'un ménage chez les De Castérac. Mais avec ce piètre revenu, je n'arrive pas à joindre les deux bouts. Je suis fatiguée et sans espoir. Je suis lasse de vivre.

Sur ces mots la pauvre femme éclata en sanglots.

Claire s'approcha d'elle, posa ses mains sur ses épaules et tenta de la réconforter.

— Dorénavant, je vais t'aider. Je gagne de l'argent chez Louis Gahous. Étant logée et nourrie je ne dépense pas grand chose. Je le ferai dans la mesure de mes moyens, mais j'espère que cela te soulagera un peu.

Se saisissant des couverts, elle se dirigea vers l'évier.

— Et puis maintenant, nous allons faire un peu de vaisselle et de rangement. Cette maison en a bien besoin. Commençons par faire entrer le soleil et renouveler l'atmosphère.

Tout en s'affairant au ménage, Claire, intarissable, raconta à sa mère, sa vie à la ferme, les boutades d'Amélie, Gahous et sa bonté envers elle, la grande noce, Charlotte qui ne supportait pas la hulotte mais qui était une vraie femme savante en matière de vinification, la Mounette et son pilier de portail et les vaches : Blanquette, Roseline et les autres...

Elle omit volontairement de parler de la météorite et du secret qu'elle partageait avec Gahous...

Au fur et à mesure du récit, la vieille femme semblait sortir de sa torpeur, ses yeux s'illuminaient, un sourire furtif apparaissait de temps à autres sur ses lèvres.

Enfin elle retrouvait sa fille. Elle oubliait ses soucis et les drames du passé.

Après avoir promis de revenir régulièrement, Claire prit congé.

Sa mère la serra dans ses bras et chuchota :
— Pardonnes-moi... tu es une brave fille...

Au retour, l'autocar, à deux exceptions près, était occupé par les mêmes passagers. La grosse femme était cette fois installée sur la banquette arrière. Sans doute avait-elle retenu la leçon du voyage aller. Au cas où elle aurait à faire face aux mêmes ennuis, elle avait coincé le cabas entre un cageot de légumes et le dossier de la banquette.

La bestiole calée par une provision de choux et pommes de terre et sans doute apaisée par sa frivole journée, ne bronchait pas.

La femme continuait à s'éponger à l'aide du même carré de tissu qui n'en pouvait plus de pomper la sueur...

Claire avait cette fois pour compagnon de route un jeune garçon d'une dizaines d'années qui ne leva pas le nez de son illustré, plongé qu'il était dans les facéties de son héro : Bibi Fricotin.

Elle était radieuse. Son entrevue avec sa mère s'était déroulée au-delà de ses espérances.

Le soir, elle informa Gahous de sa visite à Izotges, lui expliqua la situation et sa décision de lui venir en aide.

— Bien que cela ne me concerne que de loin, je suis heureux que tu te sois réconciliée comme je te l'avais suggéré et je suis persuadé que l'aide que tu lui apporteras, qu'elle soit matérielle ou morale, lui sera d'un grand secours. Dès que j'aurai un moment, nous irons à Izotges avec faux et sécateur et pendant que tu t'occuperas à la maison, je nettoierai un peu les alentours...

— Merci, Gahous c'est tellement aimable à vous.

Amélie, les aiguilles immobilisées acquiesçait en souriant, heureuse du bon dénouement des ennuis familiaux de la jeune femme qu'elle adorait.

Quelques jours plus tard, Gahous tint parole.

Au volant de la Prairie chargée d'outils de jardinage il prit le chemin d'Izotges accompagné de sa protégée.

En cours de route, regardant droit devant lui il annonça :

— J'ai bien réfléchi, Claire, je vais augmenter ton salaire afin que tu puisses mieux aider ta mère, à moins que tu y vois un inconvénient...

Claire émue, bafouilla quelques remerciements auxquels Gahous coupa court.

— Non petite, je fais ce qui me semble normal, voilà tout... tu pourras également, lorsque tu iras la voir, lui

apporter des légumes du jardin, quelques

œufs et ce qu'il te semblera nécessaire...

Dès lors, par ses visites régulières et son aide, Claire libérée elle même d'un grand poids, permit à sa mère de retrouver un peu de sérénité.

L'utilisation du facteur et de ses bavardages était-elle pour quelque chose dans cet heureux dénouement ? Elle ne se posait pas la question.

Le résultat était là, elle avait renoué avec sa mère.

Robic apparut dans la cour, une lettre de Georges Pomède à la main.

Il héla Claire qui, à demi cachée entre les rangs de "cœur de bœuf", récoltait quelques tomates pour le repas. Lourds et mûrs à point les fruits d'été semblaient rouges de honte de se voir si bien en chair.

— Bonjour, Claire, lança le facteur, Gahous va être content il y a une lettre de ses amis de Paris.

La cueilleuse que le préposé agaçait toujours un peu, lui répondit :

— Savez-vous au moins ce que veut dire le mot : "discrétion", Robic ?

— Puisque le nom de l'expéditeur figure au dos, il me semble normal d'annoncer la couleur... c'est histoire de parler... d'être sympathique avec les gens, voilà tout...

— C'est un point de vue qui se discute, on

peut être aimable et discret à la fois. En
attendant, laissez le pli et le journal sur la
fenêtre comme d'habitude.

Le facteur s'exécuta.
Amélie qui s'apprêtait à sortir pour prendre
une « lampée d'oxygène » tomba nez à nez
avec lui.
— Voilà notre Robic régional qui s'entraîne
pour le tour de France, ou tout au moins
pour celui de Nupiac...
— Moques-toi, Amélie, moi au moins
j'exerce un travail nécessaire à tous.
— Et avec une belle paye de fonctionnaire
au bout du mois ! et je ne parle pas de ta
retraite à venir, nous autres anciens
paysans nous n'avons que les yeux pour
pleurer.
Le facteur changea soudainement de
conversation. — Sais-tu ce qui se dit ? — Je
suppose que tu as quelques médisances à
colporter, selon ton habitude. — Je ne dis
que ce que j'entends, rien de plus. — Et
qu'y a-t-il dans le tuyau de tes oreilles cette
fois ? — C'est très confidentiel, je ne sais
pas si je dois... — Allons donc, tu ne vas pas
jouer les discrets
maintenant.
Robic, fit mine de s'assurer qu'autour de lui

personne d'autre ne pouvait l'entendre et chuchota :

— Eh bien… on dit que Charlotte passe la plupart de ses nuits au château à cause d'une hulotte qui l'empêche de dormir à la ferme.

— En voilà une nouvelle ! Tu ne nous apprends rien, pas de quoi fouetter une chouette et c'est là tout ton secret ?

Le facteur sauta alors sur son vélo, ajusta sa casquette et lança avant d'appuyer sur la pédale :

— On dit bien plus !, on dit bien plus…

Amélie intriguée, regarda le facteur s'éloigner sans avoir eu le temps de l'interroger davantage.

Claire, qui n'avait pas l'oreille dans sa poche, avait perçu une bribe de phrase : « … dit bien plus… »

Elle demanda à Amélie ce que signifiaient les paroles du facteur.

Amélie sembla troublée.

— Il avance qu'au village on raconte que Charlotte préférait dormir au château Dautarive à cause de la hulotte qui fait du vacarme les nuits lorsqu'elle est présente à la ferme. Il faut dire qu'au réveil, il ne faut pas la caresser à rebrousse poils !

— Tout cela n'est pas bien grave, sauf que ses absences sont de plus en plus nombreuses et qu'elle me fait la tête...

— Justement, Robic en tournant les talons, m'est apparu bien mystérieux en me lançant : « On dit bien plus ! » et il l'a répété deux fois...

— Cette pipelette ne rapporte souvent que des mensonges. Il vaut mieux ne pas donner trop de crédit à ses bavardages.

Amélie acquiesça du chignon, mais se reprenant, marmonna entre ses dents :

— Pourtant quand la cheminée fume... et puis si Gahous apprenait que certains se mêlent de ses affaires...

— Alors il faudra que l'on sache ce qui se trouve au bas de la cheminée dont tu parles. Il suffira à la première

occasion de lui tirer les vers du nez à ce facteur et je suppose que nous n'aurons pas besoin de beaucoup le prier.

Ce soir là, Charlotte, à la grande joie de Gahous, rentra à la ferme.

Elle fut intarissable, lui racontant avec moult détails ses deux journées passées à travailler au château. Elle annonça également qu'elle s'inquiétait pour sa mère qui n'était pas bien. Elle se sentait fatiguée et devait faire venir le médecin. Ses parents se faisaient vieux...

Son mari, comme à son habitude, l'écouta avec attention mais s'étonna tout de même du mutisme des deux autres femmes...

— Claire est bien muette et toi, Amélie, tu n'as rien à dire ? vous ne vous êtes pas querellées au moins ?

— Pas le moins du monde, répondit Amélie, tout va pour le mieux, j'écoutais Charlotte, c'est tout.

— C'est tout ! conclut Claire en jetant un coup d'œil discret vers sa vieille amie.

— À la bonne heure ! lança Gahous, les femmes ne restent pas bien longtemps aphones. Demain il fera jour...

Charlotte s'apprêta à passer une nuit. Bercée, malgré elle, par les chuintements habituels que ne manquerait pas de lui infliger la hulotte.

Amélie se leva aussi vite qu'elle le put, mais Robic, qui venait de déposer le journal sur le rebord de la fenêtre, repartit en danseuse sur son éternel vélo, tel un voleur ayant aperçu un képi.

Elle aurait bien voulu l'interroger sur ses insinuations à propos de Charlotte, mais depuis quelques jours le facteur semblait, selon la formule d'Amélie : « atteint de coliques chroniques qui l'obligeaient à courir après les toilettes ». C'était du moins la conclusion que la vieille femme avait tirée de cette attitude inhabituelle.

Claire était au marché et Gahous occupé à s'apitoyer sur son maïs.

La canicule n'en finissait pas. Les plantes en manque d'eau se torsadaient en tous sens, implorant le ciel de leur apporter l'élément indispensable à leur survie.

Encore une semaine d'une telle sécheresse et la récolte serait compromise.

Les vaches, quant à elles, cherchaient en vain quelques brins d'herbe fraîche.

Les trois veaux nés au printemps et ignorant la situation, épuisaient leurs mères à téter le peu de lait qui n'arrivait plus à gonfler leurs mamelles.

Bientôt, il faudrait sacrifier quelques rangs de maïs pour les nourrir.

L'orage arriva de deux côtés à la fois.

Le premier, survint de derrière le bois du Rouvre. Aussi brutal que bruyant, il balaya la campagne, accompagné d'un vent à coucher l'escourgeon.

Une trombe d'eau noya en quelques minutes le sol d'argile solidifiée par la chaleur et retourna aux fossés avant de l'avoir pénétré.

Le deuxième fit irruption, aussi soudainement, sous les traits de Claire. Déboulant, trempée comme une soupe et défiant l'orage, elle courut jusqu'au cabanon aux outils dans lequel Gahous s'était réfugié.

Les deux mains crispées sur le col d'une gabardine qu'elle avait jeté précipitamment sur ses épaules, elle termina sa course contre le buste de notre homme en se confondant en excuses.

Au bord de l'asphyxie elle extirpa le journal du jour de la poche intérieure de l'imperméable et le tendit à Gahous.

Ce dernier tout étonné d'une telle précipitation le déplia et dirigea son regard vers le bout du doigt que Claire pointait avec insistance sur le gros titre d'un article. Son front se plissa. Il n'en crut pas ses yeux. Le journal disait :

REBONDISSEMENT DANS L'AFFAIRE DAUTARIVE ! CHARLOTTE GAHOUS-DAUTARIVE MISE EN EXAMEN.

L'article annonçait qu'à la suite d'un nouveau témoignage, « Charlotte Gahous-Dautarive, ex épouse Marquès était soupçonnée d'avoir assassiné, voici trois ans, son premier mari. »

« Un témoin, ancien employé des vignerons, lors de son départ à la retraite bien arrosé, avait formellement accusé Charlotte d'avoir laissé son mari agoniser après qu'il ait fait une chute du haut d'une cuve à vin. »

« Les circonstances de ce qui, à l'époque, était passé pour un simple accident, n'étaient pas encore précisément définies. »

« Le même témoin aurait justifié son silence d'alors par des menaces de licenciement proférées par la fille des négociants... »

Cette météorite d'un nouveau genre, laissa Gahous comme pétrifié.

Claire l'informa du comportement étrange du facteur qui, après avoir lancé des insinuations auprès d'Amélie, s'était défilé les jours suivants.

Sans un mot, Gahous prit le chemin de la ferme.

Charlotte l'avait prévenu qu'elle serait absente deux ou trois jours, car elle devait soigner sa mère. Cette dernière, à ses dires, semblait être très mal en point...

Il troqua en un temps record ses vêtements de travail mouillés, par l'ensemble veste pantalon des grands jours. Annonçant en

traversant la cuisine aux deux femmes effondrées, qu'il se rendait à la gendarmerie de Nogaro, il
sauta dans la Prairie et démarra en trombe. Arrivé sur place, il demanda a être reçu par le capitaine.

Le planton de service, après avoir consulté sa carte d'identité, l'invita à patienter quelques secondes. Il devait demander l'autorisation à son supérieur.

Réapparaissant dans la minute qui suivit, il demanda à Gahous de le suivre.

Le capitaine Abadia, reculant son fauteuil à roulettes, se leva pour accueillir son visiteur. Les deux hommes se connaissaient depuis l'affaire Anglade, pour laquelle Gahous avait été disculpé.

— Navré de vous rencontrer à nouveau dans de pareilles circonstances, Monsieur Gahous.

Le Monsieur Gahous en question exprima en premier lieu son indignation pour avoir appris la mise en examen de son épouse par la presse.

Le capitaine s'en excusa et expliqua que le parquet avait donné ordre d'arrêter « la femme Gahous » sans délai et en toute discrétion étant donné la position de notable de la famille Dautarive. Les gendarmes s'étaient donc rendus en priorité au château, lieu proche de Nogaro, pour savoir où se trouvait Charlotte.

Ce fut elle-même, qui, sans savoir ce qui l'attendait, les reçut.

Menottes au poignets et sous les protestations de ses parents, elle fut contrainte de suivre la police.

L'arrestation avait eu lieu la veille au soir et le capitaine assura qu'il avait déjà envoyé deux gendarmes à Nupiac pour le prévenir.

Sans doute avaient-ils dû se croiser en chemin et il déplorait que la presse, mystérieusement informée, l'ait malheureusement devancé.

Il expliqua ensuite, le motif de la mise en examen. Il assura que cette mesure ne concluait en rien à une culpabilité...

Il avait à peine terminé son exposé que des éclats de voix, provenant de la réception, se firent entendre. Le planton affolé, bousculé dans l'encoignure de la porte du bureau, ne put empêcher le couple Dautarive de pénétrer en vociférant dans la pièce.

La mère en larmes, hurlait que sa fille était innocente et criait au complot, pendant que le père menaçait la gendarmerie toute entière de représailles.

Il fit valoir ses relations « haut placées » en enjoignant l'officier de police de remettre sa fille en liberté sans délai.

Le couple de négociants ignorèrent totalement la présence de leur gendre, qui, à leurs yeux ne semblait être qu'une pièce rapportée...

Gahous qui aurait souhaité faire la même demande mais en d'autres termes, fit une constatation étonnante.

Sa belle-mère, soi-disant quasiment grabataire, affichait une excellente forme. Elle gesticulait comme une hystérique, se mouchait bruyamment entre deux invectives, coupait la parole à son mari pour exprimer sa colère et tournait autour de sa chaise comme un ours en cage.

Le capitaine Abadia, sans doute rompu à ce genre de démonstration, en bon pêcheur de carpes qu'il était à ses

heures, laissa les "poissons" s'épuiser. Quand ces derniers, en manque de souffle et d'arguments, marquèrent un répit, il tendit lentement l'épuisette et les cueillit en ces termes :

— Chers monsieur et madame Dautarive, sachez que personne n'est au-dessus de la loi. La police et la justice feront leur devoir quoiqu'il arrive. Vos menaces et propos insultants ne feront rien que de vous apporter des ennuis supplémentaires. Si vous comptez persister dans cette voie attendez-vous à moissonner ce que vous aurez semé. En attendant, étant fort occupé, je vous prierai de bien vouloir quitter ce bureau et n'y revenir que lorsque vous serez convoqués et mieux disposés à aider la justice pour faire toute la lumière sur cette affaire.

D'un geste de la main il invita le couple à repartir comme il était venu.

Mari et femme quelque peu désarçonnés par la fermeté de l'officier de police, s'exécutèrent à contrecœur, mais déclarèrent tout de même, qu'ils ne manqueraient pas de revenir accompagnés de leurs avocats.

La porte refermée sur le couple récalcitrant, le capitaine se tourna vers Gahous toujours présent sans faire plus de commentaires, mais en affichant tout de même un certain d'agacement.

— En ce qui vous concerne, au terme de la garde à vue de votre épouse, une décision sera prise par le juge pour une mise à l'écrou ou une remise en liberté sous

153

contrôle judiciaire. Je ne peux vous en dire davantage pour le moment, mais il semble que l'affaire soit grave....

Gahous n'eut qu'une idée en tête : mener sa propre enquête et, dans un premier temps, se rendre chez Robic pour l'obliger à avouer ce qu'il savait.

Le soir même, à son retour, il sonna chez le facteur.

Celui-ci ouvrit la porte. — Peut-être t'attendais-tu à me voir, Robic. — Pas plus que cela, pas plus que cela... — Je ne repartirai pas de chez toi avant que tu m'aies

dit tout ce que tu sais sur Charlotte. Le facteur connaissait bien son visiteur et savait qu'il

ne s'en sortirai pas avec ses quelques pirouettes habituelles.

— Asseyons-nous ami, et attends-toi à en apprendre des vertes et...

— Au fait, s'il te plait, je n'ai pas de temps à perdre.

Robic expliqua qu'il s'était passé "des choses" au café " Chez Milou" à Nogaro. Un certain Amado Garcia qui fêtait sa retraite avec les autres employés des Dautarive, insista un peu trop sur le Ricard et se mit à dévoiler, à l'étonnement de tous y compris de Milou patron du bar, des faits d'une extrême importance.

Il déclara qu'il était temps qu'il révèle des vérités maintenant qu'il ne risquait plus de se faire licencier par

« cette garce de Charlotte » !

Il aurait été témoin d'un quasi assassinat de Benoit Marquès par sa femme... « cette garce de Charlotte » ! La nouvelle aurait fait grand bruit et ne tarda pas à

tomber aux oreilles d'un gendarme qui loin d'être sourd, en référa aussitôt à ses supérieurs.

— C'est tout ce que je sais, ajouta le préposé. Puis, se reprenant, il indiqua tout de même que ledit Garcia habitait au 12 Avenue d'Auch à Nogaro et qu'il avait été entendu par la police.

Gahous rentra à la ferme et informa Claire et Amélie de ce qu'il venait d'apprendre.

Il leur indiqua qu'il se rendrait, dès le lendemain, au domicile du fameux témoin et qu'il saurait bien le faire parler...

Après une nuit agitée, il prit la route pour Nogaro. Ce fut la femme Garcia qui lui ouvrit la porte.

— Si vous êtes un journaliste, passez votre

chemin, dit-elle d'emblée.

— Je ne suis pas journaliste, je suis le mari de Charlotte Dautarive .

— C'est encore pire, cria la femme qui semblait excédée par cette affaire. Je ne veux plus entendre parler de "cette garce de Charlotte" et mon mari non plus. Qu'a- t-il fait cet imbécile d'aller raconter sa vie chez Milou ? Depuis qu'il est à la retraite nous vivons un enfer, comprenez-vous...

— Je compatis chère madame, mais mettez-vous à ma place moi qui suis un des principaux intéressé, j'exige de voir votre mari afin d'entendre ce qu'il a a dire.

— En fait, vous tombez mal, il est parti à la pêche au lever du jour. Je sais qu'il va à la truite le long du Petit- Midour, mais ne me demandez pas plus de précision...

— Comment est-il habillé ? je vais essayer de le retrouver.

— Il est vêtu d'une salopette de travail bleue et une casquette jaune, vous savez celle des peintures Ripolin, avec une bande verte de chaques côtés. Débrouillez-vous avec lui !

Gahous pensa qu'avec ce dernier détail haut en couleurs, il ne pouvait pas rater le pêcheur.

Il se rendit au lieu indiqué et longea la berge du ruisseau.

Il ne tarda pas à apercevoir, entre les branches d'arbustes bordant la rivière, un homme de petite taille coiffé d'une casquette aux couleurs vives taquinant la "fario".

Il s'approcha aussi silencieusement que possible. Il convenait de ne pas exaspérer le pêcheur, s'il voulait obtenir les explications recherchées.

Il posa la question rituelle : — Ça mord ? — Pas plus que ça ! répondit l'homme avec un fort

accent espagnol. — En fait, je suis venu pour un tout autre sujet que la

pêche. — Ah ! de quoi s'agit-il ? — Je suis Louis Gahous, le mari de Charlotte Dautarive. L'homme sursauta. — Yo n'ai rien à dire. Puis reprenant les mêmes termes que sa femme. — Yo ne veux plus entendre parler de cette garce...

excusez-moi... de madame Charlotte. — Ce que vous me direz restera confidentiel, j'ai besoin de savoir exactement ce qui s'est passé avec son premier mari.

Garcia retira sa canne de l'eau, ajusta sa casquette et fit mine de partir.

Gahous le suivit et le menaça.

— Si vous refusez de parler, je serai dans

l'obligation de porter plainte contre vous
pour complicité d'assassinat.
Bien que cette éventualité soit totalement
exclue, étant donné la position de Gahous
qui n'était pour rien dans cette affaire,
l'homme changea totalement de ton.
— Moi ? complice de cette... Charlotte, vous
n'y pensez pas !

— Alors mon ami, si vous ne voulez pas
subir d'ennuis supplémentaires, je vous
engage à vous expliquer au plus vite.
— C'est qué... il y a des choses délicates à
entendre pour oun mari...
— Je suis prêt. Asseyons-nous et parlons
calmement. Le pêcheur obtempéra. Après
avoir choisi le pied d'un grand saule, les
deux
hommes s'installèrent pour un long et
édifiant récit macabre.
Garcia expliqua que ce jour là, il revenait
"de tailler".
Manches de brouette dans les mains il
s'apprêtait comme lui avait ordonné
Marquès le patron, à récupérer des
bouteilles dans le chai pour les laver.
Au moment où il posait la brouette pour
ouvrir la porte de la cave, il entendit des
bruits bizarres qui venaient de l'intérieur.

— C'était comme si quelqu'un geignait,
dit-il.
La porte s'ouvrit brusquement et Charlotte,
semblant être dans un état d'énervement
indescriptible, lui ordonna de remettre le
lavage à plus tard.
Curieux, il lança un regard dans
l'entrebâillement de la porte.
À sa grande stupeur, et contrairement à la
version qui courait, Marquès n'était pas
tombé dans un foudre.
Il assura qu'il eut le temps d'apercevoir
Marquès étendu face contre terre dans une
mare de sang. Son bras droit, à la main
encore crispée sur une torche électrique,
décrivait en traînant lentement sur le sol,
des arcs de cercles.
Garcia expliqua que Charlotte, en sortant,
ferma la porte à double tour, mit la clef
dans sa poche et le pria d'aller s'occuper
ailleurs.
Il protesta en disant qu'il fallait appeler du
secours mais Charlotte lui intima l'ordre de
n'en rien faire.
Dans un premier temps, elle s'éloigna
précipitamment en laissant son employé
interloqué. Puis, se reprenant, elle fit volte-
face et s'approchant de lui, elle chuchota :
— Et pas un mot de ce que vous avez vu,
sinon c'est la porte !

Ne sachant que faire Garcia raconta qu'il était resté caché dans les parages et qu'il avait vu à deux reprises Charlotte qui ouvrait la porte du chai.

Elle regardait à l'intérieur et refermait en vérifiant que personne ne l'observait et le laissa bel et bien agoniser.

Ce ne fut qu'une bonne heure plus tard, qu'elle retourna à la porte.

— Mais cette fois, cette garce..., excusez..., elle joua oune comédie à faire pâlir dé jalousie une vedette de film tragique comme... un... un Gabin ténez... dit-il. Elle sé mit à hurler comme une folle : « Benoit est mort, Benoit est mort, c'est horrible ! Papa, maman, quel malhor. Il est tombé dou haut dé la couve et s'est fracassé le crâne. Qu'ais-je fait au Bon Dieu ? Je veux mourir, je veux mourir... » Monsieur et Madame arrivèrent et constatèrent, sans grande émotion m'a-t-il semblé, l'état dé Bénoît Marquès. Ensuite ils ont appelé les pompiers...

Garcia, marqua un temps d'arrêt, puis lança avec colère, sur un ton de reproche à lui même en forçant pour l'occasion son accent maternel:

— Et moi, pauvre couillone qué yo souis,

Madré dé Dios, y'aurais mié fait dé mé taire...

— C'est donc cela que vous avez raconté au café puis aux policiers ?

— Oui tout comme yo vous l'ai dit. Maintenant, yo ne sais pas ce qui m'attend.

— Sans doute serez-vous cité comme témoin principal au procès. En somme vous avez exécuté un ordre de votre patronne.

— Elle nous prenait tous pour ses esclaves et quand on a une famille de quatre enfants à nourrir, Monsieur Gahous, on ne réfléchi pas deux fois... C'est que le travail ne court pas les rues par ici, surtout quand on est simple tâcheron...

Gahous en savait assez. Ainsi, cette femme avait toujours trompé sa confiance avec ses beaux discours. Comment aurait-il pu imaginer une telle histoire ?

Il s'apprêtait à laisser Garcia retourner à son passe- temps favori quand il se ravisa.

— Mais dites-moi, Monsieur Garcia, pourquoi, d'après vous, a-t-elle commis un tel crime ?

— Yo ne sais pas trop mais si je dois vous dire ce que j'entends à ce sujet, ce ne sont que des on-dit...

— Les on-dit sont parfois le reflet de la réalité alors parlez sans détour, je vous ai assuré que j'étais prêt à tout entendre.

Gahous ne s'attendait pas du tout aux autres révélations qui allaient suivre. Garcia continua.

— C'est l'histoire avec le notaire de famille, Maître Durieux. Elle aurait eu une aventure... enfin, vous voyez ce que je veux dire... Marquès l'a appris et depouis il picolait... il n'était pas méchant pour deux sous, vous comprenez, alors il buvait pour oublier. Et elle, cette orgueilleuse, ne supportait pas d'avoir un mari ivrogne... pour la réputation de la famille... certains disent même que, quand il était saoul, elle lui tapait dessus avec sa cravache... comme elle faisait avec sa jument d'ailleurs...

— Et avec ce Durieux le notaire, ils continuaient à se voir ?

— Il paraît qué non, parce qué la femme Durieux elle aussi l'apprit et comme c'est elle qui a la fortoune... alors vous comprenez qu'il s'est tenu à carreau le notaire ! Peut- être que Charlotte a saisi l'occasion pour se venger ! Quellé garce !

Ce fut sur ce dernier mot que Gahous, estomaqué par tout ce qu'il venait d'apprendre en si peu de temps, quitta Amado Garcia après l'avoir assuré de sa totale discrétion.

Gahous, sur le chemin du retour, prit la décision de se séparer de Charlotte.

Le divorce lui parut inévitable. Comment pourrait-il continuer à vivre avec une femme aussi diabolique ? De plus, persuadé qu'elle serait incarcérée, il ne se voyait pas aller la soutenir de ses visites au parloir, porteur d'un panier d'oranges...

En outre, il se rendait compte que son amour pour elle s'était rapidement transformé en une grande amertume d'avoir été ainsi trompé.

Le divorce, avec le motif que l'on sait fut rapidement prononcé.

Gahous reprit sa liberté...

Par contre, le procès de Charlotte que les média nommèrent "L'affaire Marquès-Dautarive", dura des mois.

Les deux avocats de la défense que les viticulteurs- négociants avaient engagés à grands frais, plaidèrent au tribunal d'Auch le manque de preuves.

En toute mauvaise foi, espérant qu'un lampiste ferait bien l'affaire, ils accusèrent Amado Garcia d'avoir lui- même fomenté le meurtre de son patron. Il aurait à leurs

dires, machiavéliquement tenté, de faire reporter la faute sur leur cliente en l'accusant à tort.

Son récit ne serait que pure invention. Ils ajoutèrent même, au comble de l'arrogance, que leur malheureuse et innocente cliente en aurait eu un début d'infarctus...

Le pauvre bougre de Garcia fut atterré de voir sa parole d'honnête homme ainsi mise en doute.

Sa fierté d'Ibérique en prit un coup. Il en perdit son français et bafouilla, avec une colère non contenue, certaines bribes de phrases en espagnol, sa langue maternelle. À plusieurs reprises le président du tribunal, bien que compatissant, le somma de parler dans un langage compréhensible par tous...

L'accusation de la défense dirigée contre Garcia, que Charlotte se garda bien de démentir, fut toutefois saluée par un déchaînement de vociférations provenant de l'assistance surexcitée qui criait au scandale.

Ce jour là, le président du tribunal décida de faire évacuer la salle et prononça un report d'audience afin de calmer les esprits.

La presse, qui suivait l'affaire de près, publia une série d'articles dénonçant " le protectionnisme affiché pour des notables qui n'étaient pas plus que d'autres citoyens, au dessus de la loi..."

Devant cette situation, on procéda à d'autres témoignages.

Des employés du château délièrent leurs langues. Ils dénoncèrent en chœur le manque de considération dont

ils souffraient au sein de cette exploitation, les agissements de leur patronne qui les traitait avec plus de mépris que ses chiens ou ses chevaux. Pire, ils affirmèrent avoir assisté à des scènes durant lesquelles Charlotte rabaissait son mari « au rang de serpillière » en lui lançant des « tu peux bien crever ! »

Enfin, tous prirent la défense de leur collègue Garcia en assurant qu'il était honnête et incapable d'un tel chantage.

La femme du notaire Durieux trop heureuse de se venger de son époux, confirma ce qui était de notoriété publique : la liaison adultère de ce dernier avec Charlotte « cette femme diabolique ! »

Le notaire quant à lui, afin sans doute de se dédouaner aux yeux de sa femme, raconta que Charlotte lui aurait dit à mots couverts et à plusieurs reprises qu'elle souhaitait que Marquès « disparaisse de sa vie. » Ceci sous-entendant que cette disparition définitive, ne l'aurait pas fâchée... Il précisa par ailleurs, qu'il avait toujours refusé d'entrer dans son jeu et que leur liaison ne fut qu'une passade sans importance...

À ces paroles, on vit les yeux de Charlotte se transformer en pistolet de gros calibre...

La foule présente, n'en finissait pas de lancer des « oh ! » d'indignation auxquels répondait par des coups de maillets répétés, le président du tribunal.

Les avocats de la défense qui, à grands effets de manches, tentèrent in extremis de trouver de nouveaux

arguments pour obtenir la relaxe de leur cliente se firent siffler à chacune de leurs interventions.

Le président, irrité, faillit en casser le manche de son accessoire préféré, lequel sous une rafale de coups, s'éleva brusquement dans les airs pour rebondir sur le stylo du greffier avant de retomber au sol.

La salle entière s'esclaffa à la suite de cet incident. Seule l'accusée resta de marbre.

Le clou du spectacle arriva lorsque la défense demanda à ce que les parents Dautarive soient entendus.

À peine à la barre, le couple surexcité cria au complot !

Ce fut le seul argument sur lequel l'homme et la femme furent en plein accord.

Lorsque vint le moment de passer aux détails, les deux parvenus se lancèrent dans des explications aussi contradictoires que confuses.

Ils parlèrent en même temps, se coupèrent la parole, pour modifier à tour de rôle leurs affirmations réciproques et transformèrent peu à peu leur audition en une véritable scène de ménage.

Ils s'embrouillèrent si bien qu'ils finirent par fondre en larmes, donnant le spectacle lamentable de deux pauvres bougres à court d'arguments.

Ils avaient voulu défendre becs et ongles leur fille unique et adulée, mais n'obtinrent que l'agacement de l'avocat général et les mines atterrées à la fois de l'accusée et de la défense.

- 166 -192

166

Quant à la femme Garcia qui fut entendue elle aussi, sans doute comme témoin du témoin, elle n'eut de cesse de critiquer son « couillon de mari » qui aurait, selon elle, mieux fait de se taire, de laisser le mort où il était et « cette garce de Charlotte de continuer à faire marcher ses gens à la trique !. »

Elle fut tout de même priée de modérer ses propos...

Au terme de longues semaines, le tribunal et les jurés furent désireux de voir se terminer cette affaire.

Ils décrétèrent que malgré le manque de preuves, mais en présence d'aussi lourds et nombreux témoignages à charge, l'accusée était coupable de non-assistance à personne en danger.

Ils ajoutèrent à cette conclusion, l'intention de donner la mort additionnée d'une dose non négligeable de préméditation.

Cette faute ayant directement provoqué le décès de Benoît Marquès , la prévenue écopa de dix années de prison, dont cinq fermes.

Robic, le facteur porte-paroles, raconta que le couple Dautarive qui, selon lui, « était à ramasser à la petite cuillère », repartit « en s'engueulant de plus belle ! »

Mais lesdits Dautarive n'en restèrent pas là. Malgré la désapprobation de leurs avocats, ils n'eurent aucune difficulté à convaincre Charlotte de faire appel.

Cette décision ne fut pas du meilleur choix puisque cette dernière se vit asséner six mois fermes de plus.

Cette ultime décision qui aurait dû calmer notre trio, fit l'effet contraire.

Toujours contre l'avis de leurs avocats, «
qui n'étaient, selon eux, que des incapables
! » et qu'ils récusèrent, ils décidèrent de
devenir les propres défenseurs de leur fille
afin de se pourvoir en cassation.

Ce fut un désastre.

Comme pour le premier procès, mûs par
leur seul orgueil, ils se trouvèrent dans
l'incapacité de plaider correctement.
Multipliant les erreurs et les contradictions,
ils ne réussirent qu'à s'attirer les foudres de
l'avocat général et de la cour toute entière.
Même Charlotte tenta maintes fois de
mettre un terme aux outrages de ses
parents, mais ceux-ci dans leur crise de
démence se crurent seuls au monde...

Cette fois les juges tapèrent un grand coup.
Ils augmentèrent la décision de la cour
d'appel de deux années fermes
supplémentaires.

Depuis ce jour, Charlotte Dautarive,
incarcérée à la prison d'Auch, renia
définitivement ses propres parents.

Ces derniers s'étant attiré le mépris, à la
fois de la population et de leur clientèle,
virent leurs affaires péricliter. Ils vendirent
château et vignoble et allèrent ruminer leur
rancœur quelque part vers le Nord pour le

reste de leurs jours.

Amélie, venant comme chaque matin de la Touyade, appuyée à la fois sur sa canne et sur l'épaule de Claire, s'arrêta sur le pas de la porte de la ferme.

Elle se retourna et dirigea son regard vers le bois du Rouvre et les collines d'arrière-plan.

— Regarde petite, dit-elle, les chasseurs de caribous ne sont pas les seuls à bénéficier d'un bel été de la Saint- Martin. Admire ces couleurs, respire cet air velouté venu d'Espagne qui caresse la peau. Profite de ce dernier instant de douceur. S'il résiste jusqu'à la première semaine de novembre nous serons comblés. Il est souvent trompeur, les gelées du matin ne tarderont pas à réapparaître et il nous faudra bientôt affronter un nouvel l'hiver...

La vieille femme observa un long moment le spectacle coloré qu'offrait la nature.

Au loin, dans les forêts qui hérissaient les coteaux, les hêtres fayards couleur d'or contrastaient avec les dégradés rouges des érables, les ocre bruns des platanes et les verts sombres des chênes rouvres toujours retardataires.

Le ciel, d'un bleu devenu plus tendre, apportait son concours à la douceur du moment.

Claire nota une ombre fugitive dans le regard d'Amélie.

— Voici soixante ans... ce fut au cours d'un même automne que nous nous sommes rencontrés avec mon pauvre Rémi. Il était beau comme un prince. Toujours rasé de près, il sentait bon la savonnette à la lavande. Il m'avait fait tourner comme une toupie au son d'une valse à la fête des vendanges. Tu sais, une de ces danses viennoises à quatre temps qui faisait : la, la, la, la, la...

La vieille femme se mit à fredonner d'une voix chevrotante l'air qui lui rappelait tant de souvenirs, puis elle reprit son récit des temps révolus.

— Ensuite nous avons continué de tourner ensemble au rythme de la vie. Et puis un autre bonheur est arrivé tout naturellement... C'est lui qui a voulu qu'on l'appelle Suzy. Moi cela m'était égal, elle aurait pu s'appeler Gertrude ou... Césarine, je l'aurais aimée de la même façon. Maintenant, elle est loin et ne vient qu'une ou deux fois par an, c'est la vie... Le plus dur a été le départ au front. J'étais persuadé qu'il n'en reviendrait pas, on disait tellement de choses atroces... Mais il est réapparu au beau milieu d'une nuit de mai mon Rémi, maigre comme une feuille de viorne mais avec des médailles... Quelle joie !.. Ce fut comme si nous recommencions notre lune de miel...

Elle resta un moment silencieuse, puis reprit son monologue.

— Quelle joie, quelle joie... répétait-elle. Il m'a rendue heureuse, je n'ai rien à regretter si ce n'est son départ inattendu, j'aurais préféré qu'il m'attende un peu comprends-tu ? Je me suis sentie tellement abandonnée...

Cette fois la bonne Amélie essuya une larme.

— Mais tu ne l'es plus avec Gahous et moi et Suzy qui vient autant qu'elle le peut et qui t'inonde de courrier. Robic le dit toujours : « Avec Suzy, notre brave Amélie ne manque pas de lecture ! »

Les deux amies entrèrent dans la maison. Amélie se dirigea vers son tricot avec la Mounette dans les jambes, qui, ronronnant se frottait contre ses bas en lui faisant fête.

— Tu es bien mignonne la chatte, lança

Amélie, mais tu vas me faire rompre les os !
Claire se mit en devoir de préparer le repas
de midi. Gahous, invoquant la raison qu'il
devait se rendre à Nogaro, avait prévenu
qu'il rentrerait de labourer à midi « et...
pétante ! » avait-il ajouté.
Il avait également annoncé :
— Pour mes quarante ans, nous allons faire
la fête et... avec tous les amis. Cette fois,
nous irons commander le repas chez
Quérillac, à la "Louche d'Or".
Amélie n'avait pas perdu l'occasion de
plaisanter :
— Il suffira de monter au grenier pour
farfouiller dans une certaine blague à tabac
bien en sécurité dans la poussière et ses
araignées pour gardiennes...
Gahous avait souri en hochant de la tête.
Il chargea les deux femmes de préparer la
liste desdits amis.
— Surtout, sans oublier "les parisiens"
avait-il précisé.
Décision plus importante qui toucha Claire,
il lui autorisa, si elle le désirait, à inviter
aussi sa mère.
— Ceux-là sont de toutes les fêtes, avait fait
remarquer Claire en parlant du couple
Pomède, en ajoutant qu'ils le méritaient
bien. Ils sont tellement gais et

charmants ! J'espère qu'ils resteront un moment, nous nous entendons si bien avec Jeannette.

Puis se tournant vers Amélie,

— Tu feras aussi connaissance avec ma mère. Tu verras, dans le fond c'est une brave femme qui n'a subi de la part de mon père, qui la terrorisait, qu' affronts, coups et colères. Mais tu sais déjà tout cela...

— Oui je sais... quelle tragédie que ton enfance mais il faut maintenant que tu tourne la page. Je sais, c'est facile à dire, surtout que moi...

La vieille femme avait reprit son tricot sans fin, en silence.

Claire lui rappela les réjouissances à venir afin de lui faire oublier, momentanément du moins, son instant de nostalgie.

— L'anniversaire c'est pour dimanche en huit. Voilà qui devrait te réjouir ma bonne Amélie. Gardons nos mauvais souvenirs pour plus tard et pense que nous allons passer de bons moments avec tous ces véritables amis.

— Les quarante ans de Gahous... Où sont-ils les miens ? s'exclama Amélie et toi avec des vingt deux printemps, te rends-tu compte que tu as toute la vie devant toi ?

Elle resta un moment pensive avant de

continuer.

— À ton âge, dit-elle, il semble qu'une interminable route est à parcourir. Elle gravit bien, avec peine, quelques collines, ou traverse difficilement des gués en crue, mais aux côtes abruptes succèdent les pentes douces, les rivières s'apaisent... Quand le temps de la vieillesse arrive on s'aperçoit alors que le long chemin n'était qu'un pas

dans l'existence. Les hautes collines n'étaient en définitive que de modestes taupinières et les grands fleuves de minuscules ruisseaux à écrevisses. Profite de chaque jour qui passe, ma belle, de chaque heure, chaque minute...

— Allons donc ! comme le dit Gahous, tu es plus jeune dans ta tête que certaines personnes que nous connaissons toi et moi et qui elles, sont séniles avant l'âge...

— Dans ma tête peut-être, petite, mais mes jambes enflées refusent le poids de ma carcasse, mes bras mous ne sont bons qu'à soulever les aiguilles ou a éloigner le journal de mes yeux qui ne voient que de loin. En outre, je n'ai pas plus de mémoire qu'une chandelle. Quand on a pincé la mèche il ne reste qu'un trait de fumée qui se dilue illico dans l'atmosphère. Si tu appelles cela la jeunesse...

La fête était imminente.

Les Parisiens, ravis de se retrouver entre amis, arrivèrent la veille en milieu d'après-midi. La soirée fut animée et joyeuse. On parla du bon temps, de politique ou de l'état des cultures. Les sujets, aussi sérieux soient-ils, furent entrecoupés de blagues ou de jeux de mots qui déclenchèrent de grands éclats de rire.

Le lendemain, à "La Louche d'Or", les invités se pressèrent en masse. Une grande table en "U", symbole du fer à cheval porte chance, avait été installée dans la salle de banquet au décor de scènes de chasse et de trophées cornus naturalisés.

Gahous n'avait pas fait les choses à moitié. Le menu fut somptueux et les bonnes bouteilles se vidèrent dans des verres toujours disponibles...

Amélie qui avait rompu la tradition en buvant deux coupes de champagne, eut le vin gai. Elle présenta des symptômes d'hilarité aigue en s'esclaffant à tous propos, même les moins gais...

Ce comportement inhabituel déclanchèrent chez Claire, des fou rire communicatifs.

Dans la soirée, les effets de l'alcool estompés, la vieille femme épuisée demanda à Gahous de l'accompagner pour regagner sa chambre à la ferme.

Elle salua l'assemblée qui lui fit une ovation et prit place sur les sièges en skaï de la "Prairie" .

On se sépara, vers deux heures du matin après avoir chanté et dansé.

Cette nuit là, Amélie n'entendit pas la hulotte qui resta étrangement silencieuse.

Claire se leva la première, suivie de Gahous qui lui fit remarquer avec étonnement qu'Amélie dormait encore. C'était bien la première fois que la vieille femme faisait la grâce matinée.

— Voilà deux soirs d'affilée qu'elle veille, conclut-il, elle rattrape son retard de sommeil, ne crois-tu pas ?

— C'est très bien comme cela, répondit Claire, elle a tout son temps pour se reposer.

— Je vais ouvrir les poules. Lorsque les Pomède émergeront eux aussi, s'il te plait, fais-moi signe que je rentre leur tenir compagnie jusqu'à leur départ.

Claire accueillit le couple qui, les yeux bouffis déjeunèrent sans grand appétit.

Gahous prévenu, donna en rentrant une grande claque dans le dos de Georges qui faillit s'étouffer avec une bouchée de pain.

Il embrassa Jeanne qui s'affola de voir son mari s'étrangler de la sorte.

Après une gorgée de café chaud, tout rentra dans l'ordre.

Gahous et Claire, comme par transmission de pensée, jetèrent ensemble un regard vers la pendule.

— Je trouve qu'Amélie s'éternise au lit, j'ai bien envie d'aller voir, dit Claire.

— Vas, mais surtout fais en sorte de ne pas la réveiller...

Claire, sur la pointe des pieds, se dirigea vers la chambre d'Amélie.

Alors que tous s'étaient tus, elle tourna avec précaution la poignée de la porte.

Passant la tête dans l'entrebâillement, elle aperçut Amélie souriante immobile dans un sommeil qu'elle crut réparateur. Pourtant, un détail attira son attention. Son visage était d'une extrême pâleur. Elle s'approcha, toucha du bout des doigts sa joue et se rendit compte qu'elle était glacée.

Elle comprit que sa vieille amie avait franchi la dernière marche. Elle était partie comme Remi, sans bruit et apaisée, étendue sur sa couche. Elle avait enfin rejoint dans la mort son "bel amoureux".

Elle revint bouleversée en balbutiant :
— Notre brave Amélie... nous a quittés. Elle
est partie rejoindre Rémi là-haut...

Gahous suivi de Jeanne se précipita dans la
chambre. Il ne pu que constater la vérité.
Une immense tristesse envahit la maison.
Mounette, la chatte, assise sur le tricot plié
sur la chaise d'Amélie miaula plaintivement
. Clair d'un geste machinal, la caressa
légèrement.
— Toi aussi tu es triste, dit-elle en larmes.
En réponse la chatte sauta au sol et courut
vers la chambre mortuaire.
Claire se saisit du châle et le montra à
Jeanne.
— Elle n'aura pas réussi à le terminer.
Regarde Jeannette comme elle travaillait
avec délicatesse.
Sur ces mots elle déplia le fichu. Deux
aiguilles cachées à l'intérieur et libérées de
toute laine tombèrent au sol.
Les deux femmes découvrirent alors la
dernière facétie d'Amélie.
Comme sa vie, elle avait terminé son
ouvrage. Pas une maille ne manquait...

Georges et Jeanne, retardèrent leur retour
à Paris.

Ils avaient tenu à accompagner Amélie à sa dernière demeure.

Gahous et Claire apprécièrent ce geste d'amitié. En outre, les quelques jours de présence des parisiens

contribuèrent à rendre moins pénible l'atmosphère qui suivit le décès de leur vieille amie.

Comme prévu, l'hiver arriva tel une vague d'équinoxe. Du jour au lendemain le régime atmosphérique passa de la douce tiédeur aux frimas venus du Nord.

Le mauvais temps contribuait à la morosité qui régnait à la ferme depuis le départ d'Amélie.

Entre Gahous et Claire, une sorte de malaise s'était installé. La vieille femme était leur trait d'union désormais disparu. Certes, tous deux s'estimaient tout autant qu'auparavant, mais leur cohabitation en couple les embarrassait.

Ils se parlaient par mono phrases, évitaient de plaisanter, se faisaient des politesses...

— Excuse-moi Claire, pourrais-tu s'il te plait... Ou : — J'ai terminé les comptes du mois, Gahous, si vous voulez vérifier... Les termes familiers avaient disparu de leur langage, chacun se retenait, semblait rester sur ses gardes... Ils rayèrent de leurs habitudes les regards complices et les sous-entendus de connivence.

Tout n'était qu'un curieux mélange de timidité et de pudeur.

Cet atmosphère de blocage réciproque devint de plus en plus pénible à supporter.

Un soir, Gahous trouva la maison vide.

Du bas de l'escalier, il appela Claire sans trouver d'écho.

Mains aux hanches il se prit à réfléchir. Où pouvait bien être passé sa protégée ?

Il fit le tour de la pièce, vérifia les chambres, le cellier, puis inspecta la grange, appela à nouveau... rien n'y fit !

De retour à l'intérieur, alors qu'il s'apprêtait, sans appétit, à souper d'un morceau de jambon et d'un verre de vin, il aperçut la lettre.

Elle était pourtant bien en évidence, posée sur le buffet et adossée à un verre.

Curieusement, sur l'enveloppe il reconnut le graphisme de Claire et lut : " Pour Gahous.".

Il se précipita et décacheta nerveusement l'enveloppe.

D'une écriture droite et régulière, Claire

expliquait qu'elle avait décidé de partir vivre chez sa mère. Qu'elle n'avait pas eu le courage de lui annoncer sa décision de vive voix, qu'elle n'était qu'une fille simple détruite à jamais par son passé. Pour cette raison, elle était vouée à une vie de solitude et ne pourrait jamais donner libre cours à ses sentiments. Elle le remerciait de toutes ses bontés et le considérait comme un homme hors du commun. Elle lui demandait pardon de lui faire de la peine et indiquait qu'elle même était meurtrie de devoir agir de la sorte...

Ce fut tout d'abord, une sensation de colère qui anima Gahous. Comment cette jeune ingrate qu'il avait adoré comme un père avait pu ainsi l'abandonner ?

Il passa une nuit blanche qui lui porta conseil.

Sa colère s'estompa lorsqu'il pensa à Amélie qui à coup sûr, aurait pris la défense de Claire.

Il lui sembla entendre exprimer, avec une certaine rudesse, sa contrariété.

« Mais bougre de couillon, tu ne vois pas que cette petite est folle de toi ? Tu n'as donc pas remarqué ses yeux qui buvaient tes paroles ? Ses façons de se pomponner pour te plaire. Oh ! bien sûr, Monsieur se prenait pour son père, son héros et s'il la comblait de gentillesse, c'était simplement parce qu'à ses yeux, elle était sa fille... Mais Claire est avant tout une femme qui a des sentiments que tu as été incapable de soupçonner. Elle n'attendait qu'un signe de toi... quel gâchis ! Et puis si cela n'était une question d'âge, quand tu auras le mien, que représenteront quinze ou vingt ans de plus ou de moins ? Quant aux "on dit", tu as très bien sû passer outre jusqu'à maintenant... » Mais quelque chose lui disait que peut-être aussi, elle aurait réagi différemment.

« On ne peut éternellement garder un oiseau en cage aussi dorée soit-elle. Peut-être s'est-elle sentie étouffée. Il faut qu'elle fasse sa vie, qu'elle fréquente d'autres personnes, qu'elle cherche à rencontrer celui de son âge qui sera son prince charmant. Tu trouveras bien à employer une vieille fille qui tiendra ta maison et qui remplacera tant bien que mal notre petite Claire... »

- 179 -192
179
seul.
Gahous ne savait que faire. Cette fois il était vraiment
Il décida, alors de se mettre en quête d'un

couple de métayers qu'il logerait à la Touyade, devenue, selon le contrat passé devant notaire, sa propriété.

Le couple s'occuperait d'exploiter les terres et il pourrait employer la femme quelques heures par jour pour faire son ménage et sa lessive.

Il fit passer une annonce dans le journal local, qui resta sans suite.

Pris par ses occupations, il laissa passer plusieurs semaines.

Souvent il pensait à Claire. Quelle mouche l'avait piquée ?

Tout dans la maison lui rappelait la jeune femme et sa joie de vivre.

Il restait persuadé que le décès d'Amélie avait produit un choc émotionnel qui avait dicté sa décision qui semblait irrémédiable.

Les soirées devinrent de plus en plus longues et monotones.

Lorsqu'il essayait de tromper son ennui par la lecture, des chapitres entiers parcourus machinalement lui échappaient, sans qu'il en retint le moindre sens.

Seule Mounette, par ses miaulements plaintifs, venait de temps à autre l'interroger sur l'absence de ses deux compagnes.

Un matin, il retint Robic et l'invita à prendre le café.

Ce dernier, pensant reprendre les habitudes d'antan, se jeta sur la miche de pain et beurra deux impressionnantes tartines. La bouche encombrée, il rattrapa son retard en matière de paroles. Il déballa tel un sac de noix que l'on vide, tous les potins du village.

Gahous en mal de compagnie, le laissa parler sans trop prêter attention à cet afflux de commentaires. Pourtant, à un moment, une phrase retint son attention. Le facteur lui expliquait qu'une ferme avait brûlé à Corneillan. La famille qui l'habitait et qui vivait chichement d'un lopin de terre, n'étant pas assurée, se retrouvait à la rue. L'homme n'était autre que Paul, le fils de Bastien Daubat.

— Tu sais, le père Bastien l'ancien cantonnier, précisa-t-il.

— Si je comprends bien la famille se retrouve chez lui ?

— Oui, pour le moment et par force, Paul est fâché avec son père depuis des lustres. Je me demande d'ailleurs si les deux savent encore pourquoi...

— Je cherche un métayer pour la Touyade.

S'il était intéressé…
— Je peux lui en parler en faisant ma tournée…
Gahous, connaissant son homme, préféra se passer de son aide.
— Je te remercie de cette information Robic, mais je préfère m'en occuper moi-même, la chose est délicate tu comprends ?.

Il ne sut pas si le facteur fit l'effort de comprendre. Gavé comme une oie, ce dernier reprit sa tournée avec son énergie habituelle.

Paul Daubat était âgé de trente deux ans. Son épouse Marcelle, d'un an son aînée avait mis au monde un bambin, le petit Martial qui allait sur ses quatre ans.

Ils ne cachèrent pas leur joie lorsque Gahous, venu leur rendre visite, leur fit la proposition que l'on sait. Disponibles immédiatement, l'affaire fut rondement menée. Ils emménagèrent sur-le-champ et trouvèrent une maison parfaitement tenue, bien meublée et toute prête à les accueillir.

Gahous fut satisfait de constater que le hasard avait bien fait les choses. Non seulement la Touyade serait entre de bonnes mains, mais en plus, il avait rendu service à ce jeune couple en proie au désespoir, avec leur adorable gamin.

Le soir de retour à sa solitude, il eut une pensée pour Amélie. La haut, elle devait être satisfaite de cette heureuse issue...

« Mais que veux dire "là-haut" quand on sait l'être cher sans vie et au fond d'un trou ? » pensa-t-il... Pourtant pour celui qui reste, n'était-ce pas la seule et piètre consolation de s'imaginer que le disparu l'accompagne encore ?..

- 182 -192
182

Le petit Martial l'adopta d'emblée. Dès que se présentait son voisin, il se précipitait vers lui en s'agrippant à se jambes. Gahous le soulevait comme un fétu de paille et le faisait sauter en l'air à la grande joie du gamin.

Un jour, alors qu'il soignait la basse-cour il aperçut l'enfant que l'on surnommait Titi, pousser le portail avec peine et venir vers lui le visage épanoui.

— Que fais-tu donc ici tout seul ? demanda Gahous. — Je viens te voir... — J'entends bien, mais te rends-tu compte de ce que tu as fait, polisson ? Le gamin de plus en plus hilare, ne semblait pas avoir conscience, avec sa fugue, du soucis qu'il avait sans doute occasionné. Les mains dans le dos en se dandinant, il semblait extrêmement fier de sa prouesse.

Gahous le gronda un peu puis le hissa sur ses épaules afin de le ramener d'où il venait. Il trouva Marcelle affolée. Elle avait cherché et appelé le gamin en vain pendant un temps qui lui avait paru interminable. Comment aurait-elle imaginé qu'il ait pu avoir l'idée saugrenue d'aller rendre visite à son grand ami « Gahou ».

Avec un sanglot de soulagement, elle serra fort contre sa poitrine la chair de sa chair qui entama, en toute innocence, le récit de sa glorieuse épopée...

Un matin, Gahous se rendit au village pour faire quelques provisions.

Il passa à la boulangerie pour acheter du pain et quelques friandises pour son nouvel et jeune ami Martial, dit Titi.

Bertine, qui, comme tout un chacun était informée du départ de Claire lui annonça une surprenante nouvelle. — Tu n'es pas venu au marché Jeudi dernier ? lui demanda-t-elle. — Non, j'étais occupé par ailleurs. — Tu aurais vu Claire... Sais-tu qu'elle travaille ? — Non, je n'ai pas eu l'occasion de la revoir, mais

c'est tant mieux qu'elle s'occupe après son chagrin pour Amélie, elle s'entendaient si

bien toutes les deux… Et que fait-elle à
présent ?
— Elle est vendeuse chez Lataste, le
maraîcher. Elle m'a dit qu'il passait la
prendre chez elle, les jours de marchés et…
à cinq heures du matin s'il te plait ! Les
après-midi, elle s'occupe de la maison pour
aider sa mère. Elle est bien courageuse
cette petite. Je l'aimais bien moi aussi…
Gahous en repartant, fut habité d'un
mélange de satisfaction, sachant que Claire
se débrouillait et d'amertume qu'il ne soit
plus rien dans sa vie. Elle n'avait plus
besoin de lui et cette constatation l'attrista.
Avant le décès d'Amélie, il avait promis
d'aller à Izotges nettoyer le jardin avant les
grands froids, afin qu'il soit en état pour
repiquer quelques légumes au printemps.
Claire, à l'époque, s'était réjouie à la pensée
de faire revivre le potager en sa compagnie.

Ne revenant jamais sur une parole donnée,
un après- midi, la Prairie chargée d'outils
de jardinage et de son conducteur, prirent
la route.
Ce fut la mère de Claire qui reçut Gahous
en le remerciant à l'avance de son
dévouement.
— Claire n'est pas encore rentrée, dit-elle,

elle était à Viella ce matin, ça lui fait de la route... Elle ne tardera plus maintenant... Gahous se mit au travail.

Un peu plus tard, un P45 Citroën s'arrêta au portail. Claire en descendit.

Elle pénétra sur le chemin d'accès et reconnut la voiture de Gahous. Elle aperçut son propriétaire, au fond du jardin, occupé à faucher. Elle déposa son panier à provisions sur le pas de la porte et se dirigea vers lui.

— Bonjour Gahous. — Bonjour Claire... Un moment de gêne s'installa, l'un et l'autre n'osait

prendre la parole. Ce fut Claire qui prit l'initiative. — Vous... êtes venu tout de même... Merci... Vous...

ne m'en voulez pas trop ? — Comment t'en vouloir ? Tu as fait ce qui te

semblait bon pour toi... je suis un peu triste, voilà tout... — Vous avez un métayer, d'après ce que m'a dit

Léon... — Ah ! celui-là et son acolyte de facteur ! Les deux

font la paire pour ce qui est d'informer la population ! Gahous expliqua alors, comment il avait connu le

couple et les accords qu'ils avaient conclus ensemble.

— Ce sont des gens biens. Nous sommes amis tu sais. Et puis il y a le petit Martial, on l'appelle Titi, c'est un dissipé, comme on l'est à cet âge, l'autre jour...

Il raconta l'histoire de la fugue, l'angoisse de Marcelle, sa mère...

— Je suis heureux qu'ils soient là, nous travaillons ensemble et de temps en temps, nous déjeunons le midi chez eux ou chez moi... Ainsi ma solitude est moins pesante...

— Je suis heureuse que vous ayez trouvé cette solution...

Gahous repartit la mort dans l'âme. Il se rendait compte combien la jeune femme lui manquait, mais elle s'était fait une raison. Une page était tournée. Pour sa part, il ne lui restait plus qu'à essayer de faire de même...

Bourré de remords, il se reprocha de n'avoir pas su la garder, de ne pas lui avoir parlé davantage...

À présent, il avait l'air fin avec sa fortune en pièces d'or !

Il aurait pourtant su la rendre heureuse et maintenant qu'il était secondé à la propriété, il aurait pu lui offrir de somptueux voyages, lui faire admirer Kheops et les felouques glissant sur le Nil,

humer à Angkor les parfums d'Orient, parcourir en safari les plaines Kenyanes, s'extasier dans l'immensité du Grand Canyon, s'attendrir face aux couchers de soleil du Bosphore ou encore s'étonner sous les aurores boréales du pays Inuit.
Comment avait-il pu laisser passer une telle chance ?

La radio avait annoncé que la Côte d'Azur et la Provence étaient sous la neige.
Le Roussillon ne tarderait pas à subir le même sort.
Le retour d'est devait aussi transformer l'esplanade rose du Capitole en place blanche.
Gahous observa le ciel qui là aussi s'assombrissait. La bise d'orient avait des odeurs de neige. Deux hivers étaient passés sans qu'un seul flocon ne vienne blanchir durablement la campagne gasconne.
Quelques frissons de circonstance traversèrent ses omoplates. Ils lui confirmèrent que les flocons n'allaient pas tarder à faire leur apparition.
— Cette fois on y coupera pas ! pensa-t-il.

Comme dans les mois qui suivirent la mort d'Adrienne et afin d'oublier sa peine, il entreprit de s'abrutir de travail.

Sous la grange, il fit œuvrer la cognée avec rage.

Les frissons dorsaux se transformèrent rapidement en suées glacées.

Les mains crispées sur le manche d'acacia, il ne laissa aucune chance aux billes de chêne sec. En quelques heures, elles constituèrent un impressionnant tas de bûches prêtes pour le feu.

Le ciel chargé favorisa la tombée du jour. Éreinté, Gahous rentra pour la nuit. Sa fatigue entraînant celle de son l'estomac, il se
coucha sans avoir soupé. Il savait à l'avance ce que cette nuit lui réservait. Toujours le même cauchemar revenait sans cesse.

C'était le repas d'anniversaire. Une immense table se trouvait entourée de convives
inconnus. Seule Adrienne et Claire apparaissaient en flou face à lui. Les silhouettes sous forme de mirages, se mélangeaient, disparaissaient et revenaient, impalpables et inaccessibles. Alors il se levait et tentait de les rejoindre, mais ses jambes ne le portaient pas et ses pieds restaient collés au sol.

Puis la météorite brusquement survenait, fonçait droit sur la table qu'elle faisait voler en éclats, avec ceux qui étaient autour.

Amélie apparaissait, gisant immobile au sol, seules ses lèvres tremblantes imploraient son aide.

- 189 -192

189

Alors dans un violent sursaut, il se retrouvait assis sur le lit, les ventricules prêts à éclater. Incapable de se rendormir, il prenait sa tête dans ses mains et passait le reste de la nuit à se maudire.

La hulotte secoua la tête à la façon d'une girouette affolée, faisant voler en mille cristaux glacés son bonnet de poudreuse.

Se jouant des flocons, son regard acéré perçait la nuit

Un minuscule point noir en mouvement se détacha sur le tapis blanc.

Aussitôt, d'un silencieux coup d'aile, la chouette fondit, toutes griffes écartelées sur sa proie. Les serres se crispèrent sur le malheureux campagnol qui termina son existence dépecé à coups de bec, sur le toit enneigé et maculé de rouge, de la ferme.

À deux reprises, elle renouvela son marché aux rongeurs.

Elle s'apprêtait à quitter son aire de chasse favori, quant elle aperçut au loin, un autre point noir.

Celui-ci présentait la particularité de grossir à vue d'œil de chouette au fur et à mesure qu'il approchait.

Ce n'était plus une modeste tache sombre qui franchissais le portail mais une silhouette imposante qui n'avait rien d'une musaraigne.

Ayant fait son plein de calories, l'oiseau de nuit, troublé, lança une série de cris étouffés par l'averse de neige qui redoublait de vigueur.

En se promettant sans doute de revenir, elle regagna son abri du Rouvre.

Le cerveau trop occupé à cauchemarder, Gahous n'entendit pas la hulotte manifester sa surprise par ses cris répétés. Il ne perçut pas non plus les pas feutrés qui traversèrent la cour et encore moins le grincement de la porte qui se referma sur la silhouette sombre.

Cette fois il constata dans son cauchemar transformé en rêve qu'une des deux femmes apparaissait de façon plus nette et précise sous les traits de Claire.

La météorite qui fonçait droit sur lui, stoppa net sa course et resta immobile dans un ciel d'azur tel un soleil de juillet.

Amélie, tout à coup, lui parlait.

— Adrienne, Claire... Claire et Adrienne, ton grand cœur a bien de la place pour deux mon garçon...

Claire s'approchait de lui.

Contrastant avec la canicule ambiante, il sentait son corps étrangement froid se presser contre lui. D'une main glacée elle caressait maintenant son cou puis approchait son visage et écrasait sa bouche fraîche sur sa joue.

Alors qu'une étrange sensation de bien-être l'envahissait, il sentait la main qui se réchauffait.

Soudain, venue de nulle part il entendit la voix de Claire qui lui disait :

— Je suis venue...

Il se réveilla en sursaut, déçu d'avoir interrompu son rêve. Mais contrairement aux autres fois ce dernier ne disparut pas. Il ne rêvait plus...

Ainsi, Claire trouva par cette nuit de neige, l'infaillible remède qui mit définitivement fin aux oppressants cauchemars de Louis Gahous.